Carlos Eduardo Novaes ▪ Ferreira Gullar
Ignácio de Loyola Brandão ▪ Ivan Angelo
Lourenço Diaféria ▪ Luís Fernando
Veríssimo ▪ Marcos Rey ▪ Marina Colasanti
Millôr Fernandes ▪ Moacyr Scliar
Stanislaw Ponte Preta ▪ Walcyr Carrasco

Acontece na cidade

Seleção e organização
Reinaldo Seriacopi

Ilustrações
Márcio Levyman

editora ática

Acontece na cidade

Diretor editorial Fernando Paixão
Coordenadora editorial Gabriela Dias
Editor assistente Emílio Satoshi Hamaya
Redação Reinaldo Seriacopi
Coordenadora de revisão Ivany Picasso Batista
Revisoras Alessandra Miranda de Sá, Liliane Fernanda Pedroso

ARTE
Projeto gráfico Marcos Lisboa, Suzana Laub, Katia Harumi Terasaka, Roberto Yanes
Editor assistente Antonio Paulos
Editoração eletrônica Moacir K. Matsusaki, Claudemir Camargo
Pesquisa iconográfica Sílvio Kligin (coord.), Angelita Cardoso (pesquisa)

CIP-BRASIL. CATALOGAÇÃO NA FONTE
SINDICATO NACIONAL DOS EDITORES DE LIVROS, RJ

A167

Acontece na cidade / Carlos Eduardo Novaes... [et al.] ; ilustrações Márcio Levyman. - São Paulo : Ática, 2005
il. - (Quero ler ; v11)

ISBN 978-85-08-09693-0

1. Antologias (Crônica infantojuvenil brasileira). I. Novaes, Carlos Eduardo, 1940-. II. Série.

04-3322. CDD: 028.5
CDU: 087.5

ISBN 978 85 08 09693-0 (aluno)
CL: 730047
CAE: 224512
OP: 248620
2024
1ª edição
12ª impressão
Impressão e acabamento:Bartira

Avenida das Nações Unidas, 7221 – Pinheiros – São Paulo – SP – CEP 05425-902
Atendimento ao cliente: 4003-3061 – atendimento@aticascipione.com.br
www.coletivoleitor.com.br

Pequenos flagrantes

Todos os dias, milhares de pessoas andam pelas ruas e avenidas das cidades, frequentam suas praças, lojas, feiras livres, botequins, cruzam a nossa frente e nós, muitas vezes, nem sequer lhes prestamos atenção. Essas mesmas pessoas, no entanto, não passam despercebidas do olhar atento dos grandes cronistas.

Para eles, o camelô, o motorista de táxi, o pintor de paredes, o encanador, o garoto de rua, o policial ou até mesmo o ladrão não são seres anônimos, mas sim indivíduos fascinantes, donos de gestos ou atitudes que os inspiram a escrever uma boa história.

As crônicas aqui reunidas são assim: captam pequenos flagrantes do dia a dia das cidades e de seus mais variados personagens e fazem com que esses acontecimentos fiquem imortalizados em nossa memória. Elas também nos levam a refletir sobre o que significa viver em um centro urbano alimentando sonhos ou deparando com frustrações.

Após a leitura deste livro, uma coisa é certa: a sua cidade e seus moradores não serão mais os mesmos, pois você passará a vê-los com um olhar diferente.

Sumário

Tipos urbanos

Atitude suspeita | 8
Luís Fernando Veríssimo

O ceguinho | 11
Stanislaw Ponte Preta

Torturas domésticas | 14
Walcyr Carrasco

O imitador de gato | 18
Lourenço Diaféria

O rei do boca-livre | 21
Marcos Rey

O filho do camelô | 24
Stanislaw Ponte Preta

O que se ouve, num táxi | 29
Millôr Fernandes

O ladrão | 31
Moacyr Scliar

Sinal vermelho | 34
Ivan Angelo

Inflação de bruxos | 38
Walcyr Carrasco

Pequenas vidas, grandes vidas | 42
Ignácio de Loyola Brandão

Histórias do dia a dia

O inferninho e o Gervásio | 46
Stanislaw Ponte Preta

Futebol de rua | 50
Luís Fernando Veríssimo
No país do futebol | 54
Carlos Eduardo Novaes
O gordo da Augusta | 58
Marcos Rey
Minha vida como pivete | 61
Moacyr Scliar
Meu primeiro assalto | 64
Carlos Eduardo Novaes
As boas almas | 69
Ivan Angelo
Gente que vai à feira | 72
Marcos Rey
O ovo | 76
Ferreira Gullar
A arte do assaltado | 78
Walcyr Carrasco
Na esquina e na praça | 82
Marina Colasanti

A cidade e suas ilusões
Surpresas no parque | 86
Ivan Angelo
Borboleta suspensa do viaduto | 89
Lourenço Diaféria
Manhã de domingo | 93
Millôr Fernandes
O homem e sua balança | 95
Lourenço Diaféria
No trânsito, a ciranda das crianças | 99
Ignácio de Loyola Brandão
Na multidão | 103
Ferreira Gullar
Professor de geografia cata latas pelas ruas | 105
Ignácio de Loyola Brandão
Eu sei, mas não devia | 109
Marina Colasanti

Quero mais | 113

Tipos urbanos

Atitude suspeita

Luís Fernando Veríssimo

Sempre me intriga a notícia de que alguém foi preso "em atitude suspeita". É uma frase cheia de significados. Existiriam atitudes inocentes e atitudes duvidosas diante da vida e das coisas e qualquer um de nós estaria sujeito a, distraidamente, assumir uma atitude que dá cadeia!

– Delegado, prendemos este cidadão em atitude suspeita.

– Ah, um daqueles, é? Como era a sua atitude?

– Suspeita.

– Compreendo. Bom trabalho, rapazes. E o que é que ele alega?

– Diz que não estava fazendo nada e protestou contra a prisão.

– Hmm. Suspeitíssimo. Se fosse inocente não teria medo de vir dar explicações.

– Mas eu não tenho o que explicar! Sou inocente!

– É o que todos dizem, meu caro. A sua situação é preta. Temos ordem de limpar a cidade de pessoas em atitudes suspeitas.

– Mas eu só estava esperando o ônibus!

– Ele fingia que estava esperando um ônibus, delegado. Foi o que despertou a nossa suspeita.

– Ah! Aposto que não havia nem uma parada de ônibus por perto. Como é que ele explicou isso?

– Havia uma parada sim, delegado. O que confirmou a nossa suspeita. Ele obviamente escolheu uma parada de ônibus para fingir que esperava o ônibus sem despertar suspeita.

– E o cara de pau ainda se declara inocente! Quer dizer que passava ônibus, passava ônibus e ele ali fingindo que o próximo é que era o dele? A gente vê cada uma...

– Não senhor, delegado. No primeiro ônibus que apareceu ele ia subir, mas nós agarramos ele primeiro.

– Era o meu ônibus, o ônibus que eu pego todos os dias para ir pra casa! Sou inocente!

– É a segunda vez que o senhor se declara inocente, o que é muito suspeito. Se é mesmo inocente, por que insistir tanto que é?

– E se eu me declarar culpado, o senhor vai me considerar inocente?

– Claro que não. Nenhum inocente se declara culpado, mas todo culpado se declara inocente. Se o senhor é tão inocente assim, por que estava tentando fugir?

– Fugir, como?

– Fugir no ônibus. Quando foi preso.

– Mas eu não tentava fugir. Era o meu ônibus, o que eu tomo sempre!

– Ora, meu amigo. O senhor pensa que alguém aqui é criança? O senhor estava fingindo que esperava um ônibus, em atitude suspeita, quando suspeitou destes dois agentes da lei ao seu lado. Tentou fugir e...

– Foi isso mesmo. Isso mesmo! Tentei fugir deles.

– Ah, uma confissão!

– Porque eles estavam em atitude suspeita, como o delegado acaba de dizer.

– O quê? Pense bem no que o senhor está dizendo. O senhor acusa estes dois agentes da lei de estarem em atitude suspeita?

– Acuso. Estavam fingindo que esperavam um ônibus e na verdade estavam me vigiando. Suspeitei da atitude deles e tentei fugir!

– Delegado...

– Calem-se! A conversa agora é outra. Como é que vocês querem que o público nos respeite se nós também andamos por aí em atitude suspeita? Temos que dar o exemplo. O cidadão pode ir embora. Está solto. Quanto a vocês...

– Delegado, com todo o respeito, achamos que esta atitude, mandando soltar um suspeito que confessou estar em atitude suspeita, é um pouco...

– Um pouco? Um pouco?

– Suspeita.

O ceguinho

Stanislaw Ponte Preta

No duro mesmo só existiriam dois tipos de cegos: o de nascença e o que ficou cego em vida. Mas, como diz Primo Altamirando, contrariando a chamada voz popular, Deus põe e o homem dispõe. Assim, há um terceiro tipo de cego que nenhum oftalmologista, seja qual for a amplitude de seus conhecimentos oftalmológicos, jamais poderá curar: o cego por necessidade.

E que o leitor mais apressado pouquinha coisa não pense que estou me referindo àquele tipo de camarada que se encaixa perfeitamente no dito "o pior cego é o que não quer ver", porque este é cego por metáfora, enquanto que o terceiro tipo de cego, isto é, o cego por necessidade, é considerado por todos como cego no duro, às vezes com carteirinha de cego e tudo.

Seu Júlio, que hoje é lavador de automóveis (e entre os automóveis que lava, lava o meu), já foi cego por necessidade. Começou sua carreira na porta da Igreja de Nosso Senhor do Bonfim (agora Matriz de Nossa Senhora de Copacabana). Seu Júlio, artista consciencioso, era um cego perfeito e ganhava esmola às pampas.

– E o senhor sempre trabalhou como cego, seu Júlio?

– Não senhor. Eu comecei perneta, sim senhor.

– Perneta?

– Usava perna de pau. Quem me ensinou foi um cigano meu amigo. A gente botando uma calça larga o truque é fácil de fazer.

Mas, como perneta, seu Júlio um dia teve uma contrariedade. Apareceu pela aí um chefe de polícia com intenções de endireitar o Brasil e foi chato. Organizou uma campanha de perseguição à mendicância e seu Júlio entrou bem. Quando o carro da polícia, mais conhecido na linguagem policial como viatura, parou na porta da igreja, mendigo que podia se pirou, mas seu Júlio não pôde correr de calça larga e perna de pau, que a tanta perfeição não chegaram os engodos do cigano. Seu Júlio foi em cana.

– E quando saiu das grades?

– Virei cego por necessidade. Treinei uns dois meses em casa, passando dia e noite com uma venda nos olhos. Fiquei bárbaro em trejeito de cego. A pessoa podia fazer o maior barulho do meu lado, que eu nem me virava pra ver o que tinha acontecido. Fiquei um cego tão legal que um dia houve um desastre bem em frente à igreja. Um carro bateu num caminhão da Cervejaria Brahma e caiu garrafa pra todo lado. Foi um barulho infernal. Pois eu fiquei impávido. Nem me mexi.

Quando seu Júlio me contou esta passagem, notei o orgulho estampado em seu semblante. Era como um velho ator a contar, numa entrevista, a noite em que a plateia interrompeu seu trabalho com aplausos consagradores em cena aberta. Era como um veterano craque de futebol a descrever para os netos o gol espetacular que fizera e que deu às suas cores o campeonato daquele ano.

– Como cego o senhor nunca foi em cana, seu Júlio?

– Nunquinha. Sabe como é... Cego vê longe. Mal surgia um polícia suspeito eu me mandava a 120.

– E por que abandonou a carreira de cego?

– Concorrência desleal.

E explica que, no tempo dele, não havia essa coisa de alugar criança subnutrida para pedir esmola. Depois que apareceram as mães de araque, o cego tornou-se quase obsoleto no setor da mendicância. A polícia também, hoje em dia, é praticamente omissa.

– E sendo a polícia omissa, dá muito mais mendigo à saída da missa – diz seu Júlio, sem evitar o encabulamento pelo trocadilho infame.

Toda essa desorganização administrativa levou-o a abandonar a carreira de cego por necessidade.

Nos países subdesenvolvidos a mendicância é uma miséria. Seu Júlio que o diga. Era um cego dos melhores, mas largou a carreira na certeza de que, mais dia menos dia, vai ter muito mais gente pedindo do que dando esmola.

Torturas domésticas

Walcyr Carrasco

Acordo com o som irritante da torneira pingando. A cozinha fica longe do meu quarto, mas meus ouvidos adoram mostrar que funcionam. Levanto. Tento fechar. Sai mais água ainda. Enrolo um pano de prato. Embora tudo esteja bem pior, pelo menos posso dormir: a cascata faz menos ruído do que o pingo. De manhã, inicio a romaria em busca de um encanador. Tento por telefone, aproveitando um cartão que deixaram no meu carro.

– Alô, é do encanador?

Ouço um gritinho infantil:

– Alô, alô!

– Coisinha linda, chama seu pai?

A criança começa a cantar. Finalmente, uma mulher pega o aparelho:

– Ele foi fazer um serviço.

– Posso deixar um recado?

– Liga depois que é melhor.

– Ele foi trabalhar ou fugiu de casa?

Ela bate o telefone. Rasgo o cartão. Saio a pé. Pergunto nas imediações, e me indicam uma oficina. Vou até lá. Está aberta, mas só há um balcão vazio. Bato palmas. Um rapaz sai de trás de uma cortina. Exponho meu problema.

– Deve ser a borrachinha – conclui.

O diagnóstico sempre é o mesmo. A tal borrachinha parece ser a panaceia dos encanadores. Explico que moro sozinho e trabalho. Não poderia ir agora? Recusa-se, como se estivesse tão ocupado quanto um executivo da bolsa. Ligo para meu emprego:

– Alô? Tenho de faltar porque a torneira está pingando.

Desligo antes que me demitam. Aguardo. Vejo todos os programas de televisão vespertinos e o encanador não aparece. Volto no final da tarde. Ele me observa, como se nunca me tivesse visto antes. Peço:

– Venha agora.

– Vou amanhã.

Tenho vontade de me ajoelhar, implorar para que conserte minha torneira. À noite, um amigo me ajuda a trocar a borrachinha. Durmo aliviado.

Mas não me conformo. Por que esse tipo de serviço é tão difícil? Cada vez que preciso de encanadores e eletricistas, passo por um calvário. Um amigo meu estava tomando banho. O chuveiro começou a pegar fogo. Ele saiu gritando pelado pelo corredor do prédio. O zelador conseguiu desligar a chave geral e evitou o desastre. Chamou o eletricista:

– Precisa trocar a fiação.

– Do apartamento todo?

– Do prédio. Mas é bom dar um jeito logo no apartamento.

Uma semana depois, novo incêndio. Meu amigo fez um escândalo com o eletricista, mas continua tomando banho frio e está malfalado entre os vizinhos, de tanto aparecer em público nu e aos berros.

As mulheres sofrem mais nesses casos. Encanadores e eletricistas acham que elas sabem menos do que um homem e tratam de enrolar. Uma amiga quis resolver um entupimento.

O encanador:

– São 50 reais.

– Você nem viu o que é!

– Médico também não cobra consulta antes de saber qual é a doença?

Pior é o tipo que diz, simpático:

– A gente acerta na hora.

Chega em casa, enfia um arame para limpar o cano ou aperta a torneira com a chave de fenda. Retira uma rolha com o orgulho de um cirurgião que extirpou o apêndice. Depois, cobra o preço do apêndice. Não adianta argumentar. Eles desenvolveram uma técnica infalível. A gente fala, fala e eles ficam parados, impassíveis, sem mover um músculo, com a chave de fenda na mão. Nunca conheci alguém que deixasse de pagar.

Eles talvez possuam uma sociedade secreta, em que revelam seus planos:

– Hoje arrumei uma válvula, mas botei cimento no cano.

– Consertei o chuveiro, mas desencapei três fios. Espere só até ligarem o liquidificador.

Deve ser o que chamam de união de classe. O primeiro conserta, deixando o futuro armado para o próximo. Se não bastasse, esse tipo de trabalho anda cada vez mais caro e mais difícil. Quando pensava no futuro, eu via livros, bons restaurantes, uma cerveja gelada. Agora, só enxergo uma chave de fenda. É possível que nem todos nós conquistemos os quinze minutos de fama. Do jeito que as coisas vão, porém, sempre teremos nosso dia de encanador.

O imitador de gato

Lourenço Diaféria

A cidade tem um sujeito que imita gato. Tem vários imitadores, mas o melhor, o mais perfeito, o mais autêntico imitador de gato é um rapaz moreno, barbudinho, de olhos bem pretos, magro. Ele ganha a vida imitando gato. Não sei se vocês já tentaram fazer isso, mas não pensem que seja fácil. É uma arte. Talvez uma arte menor, mas a culpa não é do imitador. A culpa é do gato.

Acho que os leitores estão interessados em saber como se imita gato.

Em primeiro lugar é necessário ter um saco de bom tamanho. Pode ser de farinha de trigo, mas o melhor imitador de gato da cidade de São Paulo prefere saco de estopa, desses que acondicionam cereais. O saco deve estar vazio, mas não precisa ser necessariamente limpo. O saco pode ser colocado embaixo do braço direito ou esquerdo ou mesmo sobre o ombro. O saco é indispensável, porque na verdade o gato é o saco e o saco é o gato, e por aí os leitores já podem aquilatar que aquilo que à primeira vista parece simples e banal, no fundo, no fundo, requer alguma prática e habilidade.

Esse saco de estopa (vejam bem, não é necessário que seja rigorosamente de estopa; pode ser de algodão) serve para distrair a atenção do público. Não há imitação de gato sem o saco, e a recíproca é verdadeira. É preciso ter saco para imitar um gato. Feitas essas considerações filosóficas, creio que podemos entrar na parte técnica propriamente dita. O saco será colocado numa posição cômoda, isto é, para que possa ser manuseado sem entraves. A horizontal é uma boa. O saco deverá ser amarfanhado (não exagerar no realismo) de modo a criar a ilusão de que em seu interior haja um gato. O gato pode ser do tipo comum, caseiro. As pessoas gostam de coisas caseiras, apesar de sempre dizerem o contrário.

O maior imitador de gato de São Paulo não seria o artista que é se não se utilizasse da tecnologia moderna. Trata-se de um dispositivo intrabucal, cujo projeto foi desenvolvido totalmente no Brasil e que deve ser colocado sobre a língua, em contato direto com ela. Para um desempenho perfeito, o melhor lugar para o dispositivo é a ponta da língua, funcionando pelo processo de expiração e inspiração, com o ar dos pulmões. A peça é composta de uma película fina que, acionada pela passagem do ar pulmonar do imitador de gato, emite sons e gemidos típicos de felinos mamíferos, carnívoros, digitígrados, de unhas retráteis, domesticados pelo homem desde os tempos da caverna e usados comumente para combate aos ratos.

No Brasil, os ratos acabaram levando a melhor, e hoje não há quem os combata. A única função dos gatos, portanto, é ser imitados. O melhor imitador de gato de São Paulo, com o dispositivo intrabucal devidamente colocado na posição correta, dramatiza o que seria um massacre de gato, encerrado dentro de um saco de estopa (que, como dissemos, pode ser de algodão). Fazendo de conta que desfere socos, pauladas, trancos e chutes, o imitador de gato encena formidáveis golpes contra um imaginário gato, que grita, esperneia, chia e mia. Mas não há gato no saco. Todos os ruídos e esgares provêm da conjugação harmoniosa entre o gesto e o som.

As pessoas param boquiabertas e atônitas diante da cena do imitador de gato desenvolvendo sua violência urbana. Mas ao perceberem que o gato é simplesmente a criação artística de um modesto habitante da cidade e seu saco de estopa, as pessoas se põem a rir e se divertem e aspiram, com delícia, aquele minuto de distensão e repouso no vulcão aceso da cidade.

Creio que devo fazer também um comercial. O imitador de gato de São Paulo vende seu pequeno aparelho a preço módico. É disso que ele vive. Parece um negócio sério e honrado, pois não se trata aqui de vender gato por lebre. O gato não existe, nem a lebre. Existe apenas o direito de sobreviver e de alegrar a cidade.

O rei do boca-livre

Marcos Rey

– Preste atenção naquele homem.

Tinha pouco mais de cinquenta anos, altura mediana, modos discretos e roupa bem passadinha. Tipo da pessoa que mesmo com um guarda-roupa reduzido não faz feio em reuniões sociais. Um tio meu usou apenas dois ternos a vida inteira. Morreu considerado elegantíssimo. O referido comia delicadamente um bolinho. Na mão direita segurava um copo de uísque.

– Quem é a figura?

– O maior frequentador de coquetéis da cidade – informou o acadêmico Geraldo Pinto Rodrigues.

– Nome?

– Já investiguei. Ninguém sabe.

– Ora, quem manda os convites deve saber.

– Nunca foi convidado. Lê a notícia dos coquetéis nos jornais. E numa noite de autógrafos ou *vernissage*[1] quem vai barrar a entrada de prováveis compradores?

1. Inauguração de uma exposição de obras de arte, em francês. (N. E.)

Estávamos na Livraria Teixeira. O homem de identidade misteriosa armazenara outro uísque numa estante, entre o *Contraponto* e *Os sertões*. Colocado num ponto em que o garçom teria obrigatoriamente de passar, abastecia-se também de salgadinhos. Mas não bebia nem comia afobadamente. Portava-se como perfeito cavalheiro. Não comprou o livro do lançamento, porém o vi cumprimentar o autor a distância, revelando uma grande, uma infinita admiração.

Semanas depois vou a uma exposição de pinturas e quem estava na galeria, observando as obras de arte? Ele, claro. Mas o interesse artístico não o impedia de beber uísque e comer deliciosos pasteizinhos. Perguntou a um funcionário o preço de um quadro. Pela expressão captada, não achou caro.

Na mesma semana tivemos novo encontro no centenário de uma casa comercial. Um festão. E no mês seguinte outro, promovido por determinada marca de eletrodomésticos. Não prestigiava apenas as artes, era solidário ao comércio e à indústria. Bonito isso. Sua primeira preocupação: conhecer o trajeto dos garçons. Respirava melhor o ar próximo da cozinha. Embora não conversasse com ninguém, um estranho no ninho, não assumia a mágoa da solidão. Punha-se à vontade, um passo pra cá outro pra lá, esperando, sem nenhum ressentimento, por alguém que não chegaria jamais.

Fiquei algum tempo sem vê-lo, até que o revi na redação de uma agência de publicidade. Houvera uma convenção de gerentes de lojas de tecidos e coube-me fazer a legenda das fotos para a imprensa. O contato da agência pegou uma delas e foi esclarecendo:

– Este aqui é o presidente da empresa, este é o vice-prefeito, este com o troféu é o gerente que mais vendeu... a mulher dele, este com o copo na mão é... é...

Olhei. Ele! O rei do boca-livre! Desta vez, ousando, pegara jantar na mesa principal com direito a discursos, crachá e tudo mais.

Em certa ocasião cheguei até a anunciar:

– Vocês vão ver entrar por aquela porta um penetra que não perde lançamentos.

Não entrou. Teria se cansado de tais eventos? Salgadinhos estavam lhe fazendo mal? Acabei atinando com a resposta. Tratava-se de um coquetel a seco, como geralmente são os de livros de poesia, que já encalham no lançamento. Gato escaldado, o homem do boca-livre fugia de poetas.

A bela festinha era desta vez em minha homenagem. Uma entidade cismara de premiar-me pela publicação de um romance. Recebi um objeto pequeno como troféu e um cheque ainda menor. Em compensação, quiseram que eu, diante do fotógrafo, erguesse vitorioso uma taça de champanhe. Pose exibicionista demais, algo de estátua equestre[2]. Preferível sem braço erguido, brindando simplesmente com alguém. Qualquer um. Vamos lá? Vamos.

Tim-tim. Choque espumante de duas taças. O primeiro tim foi meu. O segundo, olhei atônito, foi dele, sim, dele, o rei do boca-livre! Com um sorriso e uma taça aproximara-se. Desde a convenção dos gerentes já não se contentava em comer e beber sem pagar: queria registro do fato.

– Não comprei seu livro porque, imagine, recebi dois de presente.

2. Estátua de personagem a cavalo. (N. E.)

O filho do camelô

Stanislaw Ponte Preta

Passava gente pra lá e passava gente pra cá como, de resto, acontece em qualquer calçada. Mas quando o camelô chegou e armou ali a sua quitanda, muitos que iam pra lá e muitos que vinham pra cá pararam para ouvir o distinto. Camelô, no Rio de Janeiro, onde há um monte de gente que acorda mais cedo para ficar mais tempo sem fazer nada, tem sempre uma audiência de deixar muito conferencista com complexo de inferioridade.

Mas – eu dizia – o camelô chegou, olhou pros lados, observando o movimento e, certo de que não havia guarda nenhum para atrasar seu lado, foi armando a sua mesinha tosca, uma tábua de caixote com quatro pés mambembes, onde colocou a sua muamba. Eram uns potes pequenos, misteriosos, que foi ajeitando em fila indiana. Aqui o filho de Dona Dulce, que estava tomando o pior café do mundo (que é o café que se vende em balcão de boteco do Rio), continuou bicando a xicrinha, pra ver o bicho que ia dar.

Era bem em frente ao boteco o "escritório" do camelô. Armada a traquitanda ele olhou outra vez para a direita, para a subversiva, para a frente, para trás e, ratificada a ausência da lei, apanhou um dos potes e abriu.

Até aquele momento, seu único espectador (afora eu, um admirador a distância) era um menino magrela, meio esmolambado que, pelo jeito, devia ser o seu auxiliar. Ou seria seu filho? Sinceramente, naquele momento eu não podia dizer. Era um menino plantado ao lado do camelô – eis a verdade.

O camelô abriu o jogo:

– Senhoras, senhores... ao me verem aqui pensarão que sou um mágico arruinado, que a crise nos circos jogou na rua. Não é nada disso, meus senhores.

Parou um gordo, com uma pasta preta debaixo do braço, que vinha de lá. Quase que ao mesmo tempo, parou também uma mulatinha feiosa, de carapinha assanhada, que vinha em companhia de uma branquela sem dentes na frente.

– Eu represento uma firma que não visa lucros – prosseguiu o camelô –, visa apenas o bem da humanidade. Estão vendo esta pomada?

O camelô exibiu a pomada, e pararam mais uns três ou quatro, entre os quais uma mocinha bem jeitosinha, a ponto de o gordo com a pasta abrir caminho para ela ficar na sua frente. Mas ela não quis. Olhou pro gordo, notou que ele estava com ideia de jerico e nem agradeceu a gentileza. Ficou parada onde estava, olhando a pomada dentro do pote que o vendedor apregoava.

– Esta pomada, meus amigos, é verdadeiramente miraculosa e fará com que todos sorriam com confiança.

"Que diabo de pomada era aquela?" – pensei eu. E comigo pensaram outras pessoas, que se aproximaram também curiosas. Uma velha abriu caminho e ficou bem do lado da mesinha, entre o camelô e o menino.

– É isto mesmo, senhores... ela representa um sorriso de confiança, porque é o maior fixador de dentaduras que a ciência já produziu. Experimentem e verão. A cremilda ficará presa o dia inteiro, se a senhora passar um pouco desta pomada no céu da boca – e apontou para a velhinha ao lado. Todos riram, inclusive a branquela desdentada.

– Uma pomada que livrará qualquer um de um possível vexame, numa churrascaria, num banquete de cerimônia. Mesmo que sua dentadura seja uma incorrigível bailarina, a pomada dará a fixação desejada, como já ficou provado nas bocas mais desanimadoras.

Um cara de óculos venceu a inibição e perguntou quanto era:

– Um pote apenas o senhor levará por 100 cruzeiros. Dois potes 170 e mais um pente inquebrável, oferta da firma que represento. Um para o senhor, dois ali para o cavalheiro. Madame vai querer quantos?

E a venda tinha começado animada, quando parou a viatura policial sem que ninguém percebesse sua aproximação. Os guardas pularam na calçada com aquela delicadeza peculiar ao policial. O guarda que vinha na frente deu um chute no tabuleiro da pomada miraculosa que foi pote pra todo lado. Dois outros agarraram o camelô, e o da direita lascou-lhe um cascudo.

Aí o povo começou a vaiar. Um senhor, cujos cabelos grisalhos impunham o devido respeito, gritou:

– Apreendam a mercadoria mas não batam no rapaz, que é um trabalhador!

– Isto mesmo – berrou uma senhora possante como o próprio Brucutu[1].

O vozerio foi aumentando e os guardas começaram a medrar.

– Além disso o coitado tem um filho – disse a velha.

E, ao lembrar-se do filho, o camelô abraçou-se ao garoto, que ficou encolhido entre seus braços. Leva não leva. Um sujeito folgadão deu um murro na viatura que, em sendo policial, era velha como a necessidade, e quase desmontou. Os guardas se entreolharam. Eram quatro só, contra a turba ignara, sedenta de justiça.

1. Personagem de história em quadrinhos truculento e de modos rústicos criado por Vince T. Hamlin em 1933. (N. E.)

– Deixa o homem, que ele tem filho! – era a velha de novo.

Os guardas limitaram-se a botar a muamba toda na viatura e deram no pé, sob uma bonita salva de vaia. O camelô, de cabeça baixa, foi andando com o garoto a caminhar ao seu lado, e o bolo se desfez. Era outra vez uma calçada comum, onde passava gente pra lá e passava gente pra cá.

Eu fui andando pra lá e dobrei na esquina. Não tinha dado nem três passos e vi o camelô de novo, conversando com o garoto.

– Que onda é essa de dizer que eu sou seu filho, meu chapa? Eu nem te conheço! – perguntava o menino para o camelô.

– Cala a boca, rapaz. Toma 200 pratas, tá bem?

Eu parei junto a um carro, fingindo que ia abri-lo, só para ouvir o final da conversa.

– Eu tenho mais potes naquele café lá embaixo – disse o homem: – Queres ficar de meu filho na Cinelândia, eu vou pra lá vender. Quer?

– Vou por 300, tá?

O camelô pensou um pouco e topou. E lá foram "pai" e "filho" para a Cinelândia, vender a pomada "que dá confiança ao sorriso".

O que se ouve, num táxi

Millôr Fernandes

Há pelo menos 50 anos os motoristas de táxi são o centro do mundo. Se você pega três ou quatro por dia, como eu, conhece todo o espectro de nosso tempo – do máximo de sabedoria existencial até o máximo da ignorância que quase sempre encosta na mesma sabedoria.

O que se ouve, num táxi:

"Um motorista de táxi não precisa ter pressa. Ele não vai a lugar nenhum."

"Quer saber?, a transa entre homem e mulher é 90% chateação. O senhor acha que os outros 10% valem a pena esses 90?"

"Não vá na onda do motorista quando ele lhe diz qualquer coisa bacana. Vai ver ele ouviu do outro passageiro."

"Pra mim esse ACM é a caixa-preta[1] do Ciro. A gente só vai saber do desastre quando abrir."

"O próximo presidente vai ter que importar muito trigo pra separar desse joio todo que taí."

1. Aparelhagem de gravação, em aeronaves, que serve para detectar as causas de um acidente. Em linguagem figurada, dispositivo hipotético que, aberto, revelaria as falcatruas de uma operação. (N. E.)

"Poderosos e importantes têm com a gente intimidade que não têm com os íntimos deles."

"Esse Romário, doutor, com aqueles garçons[2] todos só servindo ele, e cavando pênalti pra ele bater, assim até eu."

"Se roubarem meu carro eu não me importo. Porque ele não é meu. É do patrão. É do seguro. E seguro morreu de velho."

"O senhor é rico? O senhor não é rico. Hoje o senhor é rico porque está aí atrás. Mas amanhã está aqui na frente. Quer dizer, eu não vou estar aí atrás porque é muito difícil passar daqui praí. Mas daí pra cá, olha, moço!"

"Tem gente que diz que não mexe com a mulher dos outros. Que mulher de amigo é isso e é aquilo. Quer saber, eu acho mesmo que é isso e aquilo, ah, ah, ah!"

2. Na linguagem futebolística, jogadores que passam a bola para outro marcar o gol. (N. E.)

O ladrão

Moacyr Scliar

Quem descobriu o ladrão na garage foi o meu irmão mais moço. Veio correndo nos contar, e a princípio não queríamos acreditar, porque, embora nossa casa ficasse num bairro distante e fosse meio isolada, era uma quinta-feira à tarde e nós não podíamos admitir que um ladrão viesse nos roubar à luz do dia. Em todo caso fomos lá.

Espiamos por uma frincha da porta, e de fato lá estava o ladrão, um velhinho magro – mas não estava roubando nada, estava olhando os trastes da garage (que era mais um depósito, porque há tempo não tínhamos mais carro). Rindo baixinho e nos entendendo por sinais nós o trancamos ali.

À noite voltou a mãe. Chegou cansada, como sempre – desde a morte do pai trabalhava como costureira – e resmungando. Que é que vocês andaram fazendo? – perguntou, desconfiada. Vocês estão rindo muito. Não é nada, mãe, respondemos, nós os quatro (o mais velho com doze anos). Não estamos rindo de nada.

Naquela noite não deu para fazer nada com o ladrão, porque a mãe tinha o sono leve. Mas espiávamos pela janela do quarto, víamos que a porta da garage continuava trancada – e aquilo nos animava barbaridade. Mal podíamos esperar que amanhecesse – mas enfim amanheceu, a mãe foi trabalhar e a casa ficou só para nós.

Corremos para a garage. Olhamos pela frincha e ali estava o velho ladrão, sentado numa poltrona quebrada, muito desanimado. Aí, seu ladrão! – gritamos. Levantou-se, assustado. Abram, gente – pediu, quase chorando. – Abram, me deixem sair, eu prometo que não volto mais aqui.

Claro que nós não íamos abrir e dissemos a ele, nós não vamos abrir. Me deem um pouco de comida, então – ele disse –, estou com muita fome, faz três dias que não como. O que é que tu nos dás em troca, perguntou o meu irmão mais velho.

Ficou em silêncio um tempo, depois disse: eu faço uma mágica para vocês. Mágica! Nos olhamos. Que mágica, perguntamos. Ele: eu transformo coisas no que vocês quiserem.

Meu irmão mais velho, que era muito desconfiado, resolveu tirar a limpo aquela história. Enfiou uma varinha pela frincha e disse: transforma esta varinha num bicho. Esperem um pouco – disse o velho, numa voz sumida.

Esperamos. Daí a pouco, espremendo-se pela frincha, apareceu um camundongo. É meu – gritou o caçula, e se apossou do ratinho. Rindo do guri, trouxemos uma fatia de pão para o velho.

Nos dias que se seguiram ele transformou muitas coisas – tampinhas de garrafa em moedas, um prego em relógio (velho, não funcionava) – e assim por diante. Mas veio o dia em que batemos à porta da garage e ele não respondeu. Espiávamos pela frincha, não víamos ninguém. Meu irmão mais velho – esperem aqui, vocês – abriu a porta com toda a cautela. Entrou, pôs-se a procurar o ladrão entre os trastes:

– Pneu velho, não é ele... Colchão rasgado, não é ele...

Enfim, não o achou, e esquecemos a história. Eu, particularmente, fiquei com certas dúvidas: pneu velho, não era ele?

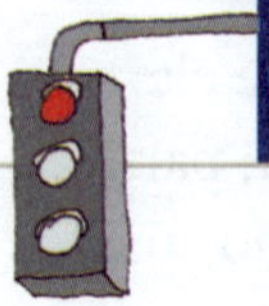

Sinal vermelho

Ivan Angelo

É fantástica a chusma de necessitados que aborda motoristas nas esquinas mais movimentadas das cidades brasileiras nestes tempos tucanos, perdão, bicudos. Vendem, pedem, anunciam. A lista do que se vende é enorme.

Frutas da época: morangos, tangerinas, limões. No fim do verão oferecem gordas goiabas de pele porosa, parecem de plástico de tão sadias. Cajus brilham, frutas-do-conde imitam pequenos cágados. No Natal, lindas cerejas de preço horrível, peras argentinas borrifadas de água como frutas de propaganda, sanguíneas ameixas chilenas, bojudas mangas brasileiras.

Ferramentas em maletas executivas, acomodadas em seus nichos como talheres de prata. Quem terá habilidade para tantas?

Travas antifurto para quebra-vento de automóveis, para acelerador, para direção, para freio de mão, mistas. São mais um sintoma do que uma utilidade.

Barras de chocolate. Deve haver um curso de formação de vendedores, porque a técnica se repete em várias esquinas:

quatro por dez, você recusa e ele tira mais uma da caixa; cinco por dez, você recusa; seis por dez, você nem precisa recusar; sete por dez, e ele embala tirando a última oferta: oito por dez. Deveriam ensinar a mágica para os lojistas.

Beiju, um tormento para quem acabou de lavar o carro e transporta alguma criança. Ao avistar um, o jeito é tapar rapidamente os olhos da criança.

Alho. Gordas cabeças uruguaias que escaparam da Arisco. Quem é que consome um pacote daquele tamanho antes que o alho fique chocho?

Flores. Os vendedores estão por aí em qualquer época, mas a primavera deles é no Dia das Mães e de Finados.

Protetor contra o sol, porque estacionar o carro num país tropical abençoado por Deus e bonito por natureza exige cuidados extras, como aquelas cortinas enroladinhas e cafoninhas pregadas por pressão no pára-brisa.

Mapas da cidade, do país, do mundo. Grandes demais, pôr onde?

E tem mais: sacos de pano alvejado, flanelinhas alaranjadas, goma de mascar, Mentex, dropes, guarda-sóis, brinquedos de plástico, bichinhos de pelúcia, água, refrigerante...

No meio da revoada, há também propagandistas. Garotas uniformizadas oferecem folhetos de apartamentos em construção, maravilhas tipo Kinder Ovo[1]. Outros papeluchos anunciam comida congelada, disque-pizza, antenas de televisão, cartomantes, academias de ginástica, cursos de informática. Piora na época das eleições.

1. Chocolate em forma de ovo que contém um pequeno brinquedo-surpresa em seu interior. A comparação com o apartamento provavelmente decorre do seu tamanho reduzido. (N. E.)

Atletas paraplégicos do basquete. Eles estão em campanha há anos para comprar cadeiras de rodas especiais. Será que ainda está faltando cadeira? Talvez para a torcida.

Doente de Aids. Campanha tudo bem, a gente ajuda. Mas este um, enrolado em vestes hospitalares com carimbo do Hospital das Clínicas, foi chocante. Mesmo que fosse doente de verdade, do que duvido, teria de se dar um pouco mais de respeito.

Tem aqueles desagradáveis que borrifam água com detergente no vidro do seu carro – contra a sua vontade e mesmo que esteja limpo –, depois passam o rodinho e cobram pelo serviço que você não pediu.

Calouros de faculdades. No começo de março, sadios garotões e garotas de cara pintada disputam moedas com os miseráveis.

Até classe média pede. Parece incrível, mas já me pediram dinheiro para fazer currículo.

E os miseráveis? Uma legião de vítimas misturadas com aproveitadores. Menininhos de pé no chão, meninas púberes com bebê nos braços, mulheres castigadas pela vida, homens sem rumo, falsos guardinhas, turmas com faixas pedindo ajuda para troca de medula de alguém nos Estados Unidos, meninos que nada falam e dão um papel para a gente ler o que pedem, homens exibindo feridas que não deixam cicatrizar, famílias que fugiram da fome rural...

E tem os que pedem joias, relógios e carteiras com uma arma na mão.

Inflação de bruxos

Walcyr Carrasco

– Você vai ter problemas com uma mulher... morena... vejo que é morena.

– Pode ser castanha?

– É... morena ou castanha. Deve ser castanho-escura. Vejo que você... você... mexe com papéis. É advogado?

– Jornalista. Só que uso computador.

– As cartas vêm de tempos antiquíssimos, não conhecem a informática. Deixa ver... você gosta de escrever!

– Adivinhou.

– Não adivinho, eu sei. Sei tudo!

Estou em um jantar no apartamento de uma senhora elegante que não conhecia. Componho uma expressão embevecida, enquanto ela continua com as revelações. Fico sabendo que uma mulher poderosa se interessa por mim e alguém da família cairá doente. Tenho ganas de gritar:

– Minha senhora, o macarrão estava ótimo. Mas as previsões...

Com o advento da Nova Era, a cidade vive uma inflação de bruxos. Sempre adorei uma leitura de sorte. Mas tornou-se impossível conversar sem se saber tanto quanto um sacerdote egípcio. Mal conheço alguém, vem a pergunta:

– Ah, você é de sagitário? E seu ascendente, qual é? A Lua, onde está?

Pior é quando desembarcam em detalhes:

– Qual é o nome do seu anjo?

Reflito, nervoso. Será uma gafe não ser íntimo do de asas? Disfarço:

– Ih... acho que é Babalu!

Fujo, diante do olhar horrorizado.

Uma amiga foi a um coquetel. Certa famosa atriz agarrou sua mão. Ela reagiu:

– Já tive um filho sequestrado. Não quero saber o que me aguarda.

– Não se preocupe, sou otimista – insistiu a atriz, mergulhando na palma da outra. – Ih... você vai morrer cedo!

A outra quase morreu lá mesmo. Os amadores infernizam. Há também um excesso de profissionais. Existem de todos os tipos: dos que dão consultas a investidores da bolsa aos delirantes. Fui a uma senhora que lê cartas. Toda vestida de branco, gordinha, com a roupa atarraxada no corpo, logo avisou:

– As cartas são só uma indicação. Vejo tudo. Seu pé está na minha mesa.

– Como?

– Seu pé espiritual. Estou vendo suas unhas. Você tem uma micose!

Por aí foi. Fiquei sabendo que viria a ter uma micose verdadeira no dedo mindinho. Concentrou-se nesses detalhes. Errar, não errou. Alguém vai à cartomante para saber de micose?

Delirantes também são os clientes. Um amigo meu é tarólogo. Revelou:

– Tudo indica que não é um bom momento para vender a casa.

– Embaralhe de novo. Quem sabe dá para dar um jeitinho – pediu a cliente.

Sim, porque boa parte dos consulentes, quando não fica feliz, tenta enrolar as cartas. Como o cliente sempre tem razão, é preciso contornar:

– Você disse que eu ia ter uma menina. Fiz todo o enxoval cor-de-rosa e nasceu homem – reclamou uma jovem a um astrólogo que conheço.

– Use o cor-de-rosa. Seu filho vai ter um lado feminino muito acentuado.

A mãe teve uma crise histérica e quer colocar o garoto na musculação aos três meses de idade.

E quando voltam a tempos remotos?

– Em outra encarnação, fui Maria Antonieta. Por isso tenho uma cicatriz aqui, ó. O parapsicólogo me explicou – conta a garota num bar.

– Que interessante – digo, aflito, pois é a terceira rainha guilhotinada a quem sou apresentado na semana.

Ela me olha torto:

– Lembro de você naquela época.

– Sempre me acharam um príncipe – reconheço.

– Coisa nenhuma. Você me decapitou. Carrasco!

Ofereço um drinque, para ressarci-la do pescoço. A rainha vira três uísques. Sinto-me exausto. Boa parte dos profissionais do esoterismo procura dar um panorama das tendências da vida, dentro de uma visão mais responsável.

Eu respeito. O duro é encontrar a sorte em cada esquina. Até quem não acredita nas cartas fica gelado se ouve uma previsão horrível. Que dizer de mim, um impressionável?

E agora que escrevi tudo isso, o que pode acontecer? Acho bom acender uma vela branca. Há quem não acredite em bruxas. Mas que *las hay, las hay*[1]. Com tantas candidatas a feiticeiras rodando por aí, é melhor me precaver. Ou acabo levando uma vassoura na cabeça.

1. Da frase célebre do escritor argentino Jorge Luis Borges (1899-1986): "No creo en brujas, pero que las hay, las hay" (Não acredito em bruxas, mas que elas existem, existem). (N. E.)

Pequenas vidas, grandes vidas

Ignácio de Loyola Brandão

Descobrir vielas e quintais inesperados, numa cidade em que os quintais desaparecem, tragados por edifícios. Quantas vezes, durante o dia, quando incidentalmente estou em casa, pela necessidade de dar um dia para mim mesmo, não ouço uma voz cantando em um desses pequenos quintais que existem na rua João Moura e arredores? De onde vem? Uma voz cristalina e forte, os versos subindo até o 13º andar. Onde nascem os sons da tarde? Latidos, berros, assobios, um martelar, uma serra, uma voz amargurada dizendo: Não se vá, o ruído rascante de unhas no reboco de uma parede, um apito, grito, choro. Quantos de nós sabemos o que ocorre nos recantos de nossa rua? Há um mundo oculto por trás de muros e portões. E vida.

No começo da semana, procurei por uma costureira. Ou alfaiate. Esses andam escassos, a profissão foi esmagada pela roupa pronta das grifes ou lojas de departamentos que, se nos dão tudo igual, por outro lado nos fazem economizar tempo, abreviam a escolha, oferecem variedade. Hoje, vemos o terno pronto na vitrine ou na arara e dizemos: É esse!

Há tempos, eu estava com algumas calças para fazer a barra. Duas, antigas, mostravam as barras puídas (não jogo fora, mando consertar) e quatro novas (duas foram presente) precisavam ser ajustadas na medida exata. Detesto ver a bainha se arrastando pelo chão. Uma costureira da rua Lisboa não foi encontrada. No sábado, estávamos chegando e ela saindo e entrando num táxi com um imenso vestido de noiva. Pelo comprimento da cauda, a festa prometia. Na terça-feira, ela ainda não tinha voltado. A festa deve ter sido boa!

Minha mulher se lembrou de uma placa quase escondida, bem na minha rua, vizinha a um conservatório. Costuras. Casa 2. Um portão branco dando para um longo corredor com o chão cimentado. Limpíssimo. A mim pareceu o mergulho em uma cidade do interior. No fim do corredor, duas casinhas. Numa delas, uma senhora se ocupava do jardim. Perguntamos: "E a costureira?" Ela apontou a casa vizinha: "Ali, mas não sei se está, toque a campainha". Toquei. Ela: "Não tocou, tente de novo". Dona Mara, a costureira, apareceu. Parece com minha tia Maria, uma das tias preferidas de todos os sobrinhos. Sempre pronta, prestativa, fazia um doce de leite quadradinho de enlouquecer. E o virado de banana? Tia Maria também foi costureira, passava as tardes na máquina Singer, diante da janela, olhando o (pouco) movimento da rua.

A casa de Mara é pequena. A sala principal, aquela que chamamos de visita, está ocupada pelo seu ateliê. Duas máquinas de costura, um sofá, mesa, carretéis de linha gigantes, fiquei a olhar para eles. Ela explicou: "São para o overloque". A vida toda vi essa palavra overloque, estranha, enigmática, sonora. Um dia, dei com uma placa: Precisa-se overloquista. Portanto, também é profissão. A casa tem o cheiro característico das lojas de tecidos, panos variados, óleo de máquina. Fui experimentando as calças, ela marcando com o alfinete. Gesto imemorial. O tempo parado. Há quantos anos esse ritual é o mesmo? Imutável. "Quer a bainha arrastando? Acima do sapato? Coloque a cintura no lugar, por favor." Basta uma das pernas, a outra se ajusta automaticamente.

No quarto, transformado em provador, eu podia ver, pela janela, um jardim diminuto, plantas, flores. Ao acordar, Mara dá com suas flores. Um canto de mundo, todo dela. Um amigo chega, conversam, ele precisa ir a algum lugar. Comenta: "Vou de ônibus, para ir mais depressa!" Meu deus! Tem pressa e pega ônibus! E os outros, os que não dispensam o carro, o táxi, a moto? E os que voam acima de nós em helicópteros barulhentos e irritantes? Enquanto isso, dona Mara vive a vida com calma, trabalhando, útil e necessária na comunidade, olhando suas flores e a tevê – que fica ao pé da cama –, atendendo clientes, distribuindo cartõezinhos: "Se puder me recomendar, agradeço". A vida correndo na sua naturalidade, como é para milhões. Escoando na simplicidade do cotidiano.

Histórias do dia a dia

O inferninho e o Gervásio

Stanislaw Ponte Preta

O cara que me contou esta história não conhece o Gervásio, nem se lembra quem lhe contou. Eu também não conheço o Gervásio nem quem teria contado a história ao cara que me contou, portanto, conto para vocês, mas vou logo explicando que não estou inventando nada.

Deu-se que o Gervásio tinha uma esposa dessas ditas "amélias"[1], embora gorda e com bastante saúde. Porém, Mme. Gervásio não era de sair de casa, nem de muitas badalações. Um cineminha de vez em quando e ela ficava satisfeita.

Mas deu-se também que o Gervásio fez 25 anos de casado e baixou-lhe um remorso meio chato. Afinal, nunca passeava, a coitada, e, diante do remoer de consciência, resolveu dar uma de bonzinho e, ao chegar em casa, naquele fim de tarde, anunciou:

– Mulher, mete um vestido melhorzinho que a gente vai jantar fora!

1. Diz-se de mulheres passivas que aceitam todo tipo de privação por amor ao seu companheiro. (N. E.)

A mulher nem acreditou, mas pegou a promessa pelo rabo e foi se empetecar. Vestiu aquele do casamento da sobrinha e se mandou com o Gervásio para Copacabana. O jantar – prometia o Gervásio – seria da maior bacanidade.

Em chegando ao bairro que o Conselheiro Acácio[2] chamaria de "floresta de cimento armado", começou o problema da escolha. O táxi rodava pelo asfalto e o Gervásio ia lembrando: vamos ao *Nino's*? Ao *Bife de Ouro*? Ao *Chateau*? Ao *Antônio's*? *Chalet Suisse*? *Le Bistrô*?

A mulher – talvez por timidez – ia recusando um por um. Até que passaram em frente a um inferninho desses onde o diabo não entra para não ficar com complexo de inferioridade. A mulher olhou o letreiro e disse:

– Vamos jantar aqui.

– Aqui??? – estranhou o Gervásio. – Mas isto é inferninho!

– Não importa – disse a mulher. – Eu sempre tive curiosidade de ver como é um negócio desses por dentro.

O Gervásio ainda escabriou um pouquinho, dizendo que aquilo não era digno dela, mas a mulher ponderou que ele a deixara escolher e, por isso, era ali mesmo que queria jantar. Vocês compreendem, né? Mulher-família tem a maior curiosidade para saber como é que as outras se viram.

Saíram do táxi e, já na entrada, o porteiro do inferninho saiu-se com um "Boa noite, doutor Gervásio" marotíssimo. Felizmente a mulher não ouviu. O pior foi lá dentro. O *maître d'hotel*[3] abriu-se no maior sorriso e perguntou:

2. Personagem de *O primo Basílio*, de Eça de Queirós, que se caracteriza pelo uso de fórmulas convencionais ao se expressar. (N. E.)

3. Garçom que dirige os serviços dos outros garçons. (N. E.)

– Doutor Gervásio, a mesa de sempre? – e foi logo se encaminhando para a mesa de pista.

Gervásio enfiou o macuco no embornal e aguentou as pontas, ainda crédulo na inocência da mulher. Deu uma olhada para ela, assim como quem não quer nada, e não percebeu maiores complicações. Mas a insistência dos serviçais de inferninho é comovedora. Já estava o garçom ali ao pé do casal, perguntando:

– A senhorita deseja o quê? – e para Gervásio: – Para o senhor o uísque de sempre, não, doutor Gervásio?

A mulher abriu a boca pela primeira vez, para dizer:

– O Gervásio hoje não vai beber. Só vai jantar.

– Perfeito – concordou o garçom. – Neste caso, o seu franguinho desossado, não é mesmo?

O Gervásio nem reagiu. Limitou-se a balançar a cabeça, num aceno afirmativo. E, depois, foi uma dureza engolir aquele frango que parecia feito de palha e matéria plástica. O ambiente foi ficando muito mais para urubu do que pra colibri, principalmente depois que o pianista veio à mesa e perguntou se o doutor Gervásio não queria dançar com sua dama "aquele samba reboladinho".

Daí para o fim, a única atitude daquele marido que fazia 25 anos de casado e comemorava o evento foi pagar a conta e sair de fininho. Na saída, o porteiro meteu outro "Boa noite, doutor Gervásio", e abriu a porta do primeiro táxi estacionado em frente.

Foi a dupla entrar na viatura e o motorista, numa solicitude de quem está acostumado a gorjetas gordas, querer saber:

– Para o hotel da Barra, doutor?

Aí ela engrossou de vez: – Seu moleque, seu vagabundo! Então é por isso que você se "esforça" tanto, fazendo extras, não é mesmo? Responde, palhaço!

O Gervásio quis tomar uma atitude digna, mas o motorista encostou o carro, que ainda não tinha andado cem metros, e lascou:

– Doutor Gervásio, não faça cerimônia: o senhor querendo eu dou umas bolachas nessa vagabunda, que ela se aquieta logo.

Futebol de rua

Luís Fernando Veríssimo

Pelada é o futebol de campinho, de terreno baldio. Mas existe um tipo de futebol ainda mais rudimentar do que a *pelada*. É o futebol de rua. Perto do futebol de rua qualquer *pelada* é luxo e qualquer terreno baldio é o Maracanã em jogo noturno. Se você é homem, brasileiro e criado em cidade, sabe do que eu estou falando. Futebol de rua é tão humilde que chama *pelada* de senhora.

Não sei se alguém, algum dia, por farra ou nostalgia, botou num papel as regras do futebol de rua. Elas seriam mais ou menos assim:

DA BOLA – A bola pode ser qualquer coisa remotamente esférica. Até uma bola de futebol serve. No desespero, usa-se qualquer coisa que role, como uma pedra, uma lata vazia ou a merendeira do seu irmão menor, que sairá correndo para se queixar em casa. No caso de se usar uma pedra, lata ou outro objeto contundente, recomenda-se jogar de sapatos. De preferência os novos, do colégio. Quem jogar descalço deve cuidar para chutar sempre com aquela unha do dedão que estava precisando ser aparada mesmo. Também é permitido o uso de frutas ou legumes em vez de bola, recomendando-se nestes casos a laranja, a maçã, o chuchu e a pera. Desaconselha-se o uso de tomates, melancias e, claro, ovos. O abacaxi pode ser utilizado, mas aí ninguém quer ficar no golo.

DAS GOLEIRAS – As goleiras podem ser feitas com, literalmente, o que estiver à mão. Tijolos, paralelepípedos, camisas emboladas, os livros da escola, a merendeira do seu irmão menor, e até o seu irmão menor, apesar dos seus protestos. Quando o jogo é importante, recomenda-se o uso de latas de lixo. Cheias, para aguentarem o impacto. A distância regulamentar entre uma goleira e outra dependerá de discussão prévia entre os jogadores. Às vezes essa discussão demora tanto que quando a distância fica acertada está na hora de ir jantar. Lata de lixo virada é meio golo.

DO CAMPO – O campo pode ser só até o fio[1] da calçada, calçada e rua, calçada, rua e a calçada do outro lado e – nos clássicos – o quarteirão inteiro. O mais comum é jogar-se só no meio da rua.

DA DURAÇÃO DO JOGO – Até a mãe chamar ou escurecer, o que vier primeiro. Nos jogos noturnos, até alguém da vizinhança ameaçar chamar a polícia.

DA FORMAÇÃO DOS TIMES – O número de jogadores em cada equipe varia, de um a 70 para cada lado. Algumas convenções devem ser respeitadas. Ruim vai para o golo. Perneta joga na ponta, a esquerda ou a direita, dependendo da perna que faltar. De óculos é meia-armador, para evitar os choques. Gordo é beque.

1. Arremate entre o plano da calçada e a rua; também se diz meio-fio. (N. E.)

DO JUIZ – Não tem juiz.

DAS INTERRUPÇÕES – No futebol de rua, a partida só pode ser paralisada numa destas eventualidades:

a) Se a bola for para baixo de um carro estacionado e ninguém conseguir tirá-la. Mande o seu irmão menor.

b) Se a bola entrar por uma janela. Neste caso os jogadores devem esperar não mais de 10 minutos pela devolução voluntária da bola. Se isto não ocorrer, os jogadores devem designar voluntários para bater na porta da casa ou apartamento e solicitar a devolução, primeiro com bons modos e depois com ameaças de depredação. Se o apartamento ou casa for de militar reformado com cachorro, deve-se providenciar outra bola. Se a janela atravessada pela bola estiver com o vidro fechado na ocasião, os dois times devem reunir-se rapidamente para deliberar o que fazer. A alguns quarteirões de distância.

c) Quando passarem pela calçada:

1) Pessoas idosas ou com defeitos físicos.

2) Senhoras grávidas ou com crianças de colo.

3) Aquele mulherão do 701 que nunca usa sutiã.

Se o jogo estiver empate em 20 a 20 e quase no fim, esta regra pode ser ignorada e, se alguém estiver no caminho do time atacante, azar. Ninguém mandou invadir o campo.

d) Quando passarem veículos pesados pela rua. De ônibus para cima. Bicicletas e Volkswagen, por exemplo, podem ser chutados junto com a bola e se entrar é golo.

DAS SUBSTITUIÇÕES – Só são permitidas substituições:

a) No caso de um jogador ser carregado para casa pela orelha para fazer a lição.

b) Em caso de atropelamento.

DO INTERVALO PARA DESCANSO – Você deve estar brincando.

DA TÁTICA – Joga-se o futebol de rua mais ou menos como o Futebol de Verdade (que é como, na rua, com reverência, chamam a *pelada*), mas com algumas importantes variações. O goleiro só é intocável dentro da sua casa, para onde fugiu gritando por socorro. É permitido entrar na área adversária tabelando com uma Kombi. Se a bola dobrar a esquina é córner.

DAS PENALIDADES – A única falta prevista nas regras do futebol de rua é atirar um adversário dentro do bueiro. É considerada atitude antiesportiva e punida com tiro indireto.

DA JUSTIÇA ESPORTIVA – Os casos de litígio serão resolvidos no tapa.

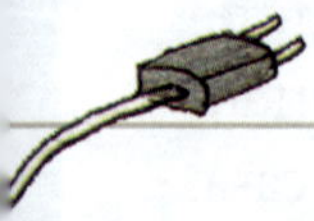

No país do futebol

Carlos Eduardo Novaes

Juvenal Ouriço aproximou-se de um vendedor parado à porta de uma loja de eletrodomésticos e perguntou:

– Qual desses oito televisores os senhores vão ligar na hora do jogo?

– Qualquer um – disse o vendedor, desinteressado.

– Qualquer um não. Eu cheguei com duas horas de antecedência e mereço uma certa consideração.

– Pra que o senhor quer saber?

– Para já ir tomando posição diante dele.

O vendedor apontou para um aparelho. Juvenal observou os ângulos, pegou a almofada que o acompanha ao Maracanã e sentou-se no meio da calçada.

– Ei, ei, psssiu – chamou-o um mendigo recostado na parede da loja –, como é que é, meu irmão?

– Que foi? – perguntou Juvenal.

– Quer me botar na miséria? Este ponto aqui é meu.

– Eu não vou pedir esmola.

– Então senta aqui ao meu lado.

– Aí não vai dar para eu ver o jogo.

– Na hora do jogo nós vamos lá pra casa.

– Você tem TV em cores?

– Claro. Você acha que eu fico me matando aqui pra quê?

Juvenal agradeceu. Disse que preferia ficar na loja onde tinha marcado encontro com uns amigos que não via desde a final da Copa de 1978. O mendigo entendeu. E como gostou de Juvenal lhe deu o chapéu onde recolhia esmolas. Juvenal, distraído, enfiou-o na cabeça.

– Não, não. Na cabeça não.

– Por que não?

– Já viu mendigo usar chapéu na cabeça? Deixe-o aí no chão. Sempre pinga qualquer coisa.

Aos poucos o público foi aumentando, operários, vendedores, contínuos, vagabundos, e às 15h45 já não havia mais lugar diante das lojas de eletrodomésticos. Os retardatários corriam de uma para outra à procura de uma brecha. Alguns ficavam pulando atrás da multidão tentando enxergar a tela do aparelho.

– Quer que eu o ajude? – perguntou um cidadão já meio irritado com um contínuo pulando rente às suas costas.

– Quero.

– Então me diz onde é o seu controle da vertical[1].

– Controle da vertical, pra quê?

– Pra ver se você para de pular aqui nas minhas costas.

As lojas concentravam multidões. As calçadas da cidade, que já são poucas, desapareciam completamente. Em jogos da Seleção Brasileira, durante a semana, cresce bastante o número de atropelamentos porque o pedestre é

1. Nos televisores antigos, botão para estabilizar a imagem na tela, fazendo-a parar de se inclinar para os lados e correr para cima e para baixo. (N. E.)

obrigado a circular pelas ruas. Além disso, os motoristas ficam muito mais ligados no rádio do que no trânsito.

Na porta da loja onde estava Juvenal havia umas 200 pessoas do lado de fora e somente uma do lado de dentro: o gerente. Até os vendedores da loja já tinham se bandeado afirmando que assistir a um jogo atrás da televisão não é a mesma coisa que vê-lo atrás do gol. Quando a bola saía entravam os comentários dos torcedores.

No início do segundo tempo um cidadão que não se interessava por futebol (um dos 18 que a cidade abriga) foi pedindo licença à galera e com muita dificuldade conseguiu entrar na loja. O gerente foi ao seu encontro: "O senhor deseja algo?"

– Um aparelho de televisão.

– Por que o senhor não leva aquele?

– Qual?

– Aquele que está ligado ali na porta.

– É bom?

– O senhor ainda pergunta? Acha que haveria 200 pessoas diante dele se não tivesse uma boa imagem?

– Bem...

– E não é só isso – completou o gerente, aproveitando a euforia do público com um gol do Brasil –, que outro aparelho transmite emoções tão fortes?

– Essa gritaria toda foi diante do aparelho?

– Lógico. Esse é o novo televisor AP-007 dotado de controle de emoção. Só este televisor pode levá-lo do choro convulsivo à completa euforia.

– É mesmo? E se eu desejar vê-lo sentado quietinho na poltrona?

– Também pode, mas é aconselhável desligar o botão da emoção, se não o senhor não vai conseguir ficar quietinho na poltrona.

O cidadão convenceu-se. Disse que ia levá-lo. O gerente, precavido, pediu-lhe para ir à porta da loja apanhá-lo. O cidadão não teve dúvidas. Ignorando aquela massa toda diante do seu aparelho, foi lá tranquilamente e *cleck*. Desligou-o.

O que aconteceu depois eu deixo por conta da imaginação de vocês.

O gordo da Augusta

Marcos Rey

– Laranjeira! Laranjeira! – Alguém corria atrás de mim na Augusta. Voz e passos movidos por uma grande e apressada saudade. – Laranjeira! – Acabou alcançando-me e abraçando-me com muito pano e ternura. Quase morri, o nariz comprimido, sufocado pelo perfume ativo de lavanda. Desesperadamente consegui livrar o rosto e respirar. Meu algoz era gordo, simpático e estava muito feliz. – Afinal te agarro, Laranjeira, seu maroto! – Beijou-me molhado no rosto. Transeuntes olharam. Uma senhora até parou, sacudindo a cabeça, escandalizada. – E eu imaginando que ainda estivesse torrando o dinheiro da Sena com a Eliana em Paris... Como está a tremenda gata que você sequestrou?

Ele disse Sena?

– O senhor me confunde com alguém.

– O quê, Laranjeira? – Ele me afastou com mãos poderosas para observar-me como se eu fosse um quadro surrealista. Aguçou o olhar. Um pouco mais de distância. Caiu em dúvida. – Então não é o Laranjeira?

– Posso garantir que não.

– Mas são iguais!

– Muita gente se parece...

O outro recolheu o sorriso e volatizou-se.

Numa cidade de dez milhões de habitantes, equívocos assim acontecem em cada esquina. Impressões digitais todas diferem, segui pensando, caras nem tanto. Quanto às roupas, há a padronização que massifica. Quantos na rua estão usando o cinza-claro do meu terno? Mas não pude deixar de sentir, confesso, certa inveja do meu sósia Laranjeira. Esteve em Paris com uma gatona, Eliana, torrando a grana da Sena, enquanto eu nem ao Guarujá tenho podido ir. Uma vitrina com espelho. Parei. Vi um cavalheiro um pouco gasto, cabelos embranquecendo, algum cansaço no olhar mas positivamente bonitão. Uma mulher apaixonou-se por mim logo à primeira vista, minha mãe. E uma jovem felina, se encantaria?

Por que o tal Laranjeira, igual a mim em tudo, era tão diferente na sorte? Eu pouca, ele muita. Deus, ou o grande computador que rege os destinos, bem podia se confundir como o gordo da Augusta e me mandar pra Paris com o dinheiro da Sena e a referida gata. Saí da vitrina. Deixem pra lá. Como eu não era o Laranjeira tinha de ir em frente. Voltei ao trabalho, já embalado. Diante de mim uma pilha de papéis para reler! Hesitei. Quanto o meu sósia teria ganho na Sena? Apenas curiosidade.

Tocou o telefone. Alice, uma tiete. Mas estava longe de ser uma ninfeta que eu, com o dinheiro da loteria no bolso, levaria para Paris. Alice de gata nem as unhas tinha, que roía, nervosamente, na ânsia talvez de fazer uma conquista salvadora; e de sua mocidade se despedira há muito, ao dançar o último *twist*.

Deus te guie, Laranjeira!

O mundo prosseguiu nos seus giros e eu, no meu cotidiano sem graça, fui me conformando em ser apenas o que sou. Por que continuar invejando a pessoa com quem o gordo da Augusta me confundira? Uma pessoa, lá mesmo, nos Jardins, já descarregara uma arma noutra, pum pum pum, devido a um simples engano. Alguém muito parecido com um líder comunista, mas que achava que Karl Marx era um dos irmãos de Groucho[1], foi preso e torturado durante meses na ditadura. Quando certa novela fazia tremendo sucesso, um distraído freguês de supermercado, confundido com o vilão do folhetim, quase acabou linchado, aos gritos: – Vejam o safado que fez mal à Lola, vamos acabar com a vida dele, pessoal!

Quando eu já me esquecera do gordo da Augusta e do invejável... Como se chamava mesmo? Pereira? Oliveira? Limeira? Como?

– Ô Laranjeira! – alguém dirigiu-se a mim, em plena rua, com belas asas abertas e um sorriso deste tamanho! Atônito, tive de ser lembrado. – Esqueceu sua amada parisiense, Eliana?

– Como poderia esquecer! – exclamei, retribuindo o abraço. – Mora nesse prédio?

Hora mais tarde, no depois de tanta emoção, a felina criatura pôs-me a par de uma curiosidade:

– Sabe que seu amigo Mendonça, aquele gordo, viu um dia na alameda Santos um cara igualzinho a você?

– Na Augusta.

– É, na Augusta. Mas na verdade o Mendonça não o conhece tão bem como eu... – concluiu a pecaminosa.

1. Líder dos Irmãos Marx (Groucho, Harpo, Chico e Zeppo), grupo cômico norte-americano, um dos mais importantes do século XX. (N. E.)

Minha vida como pivete

Moacyr Scliar

Não há segundo ato nas vidas americanas, disse Scott Fitzgerald[1], mas há nas vidas brasileiras: segundo, terceiro, décimo atos. Num desses atos – misteriosos são os desígnios da Providência – fui um pivete.

Não por muito tempo, devo dizer. Na verdade, por muito pouco tempo, e em circunstâncias especiais. Aconteceu no Bom Fim, e numa época em que o bairro ainda não era barra-pesada. Nós estávamos na rua João Telles, uma noite, e jogávamos futebol no meio da rua. O futebol não é um esporte silencioso, e algazarra nós fazíamos, não muita, mas o suficiente para incomodar um dos moradores, que veio à janela e mandou-nos embora. Seguiu-se uma áspera troca de palavras, e a janela fechou-se, no que parecia uma retirada.

* * *

1. Escritor norte-americano (1896-1940), autor de *O grande Gatsby*, dentre outras obras de sucesso. (N. E.)

Não era. Enquanto continuávamos o jogo, o homem chamava a polícia. Minutos depois encostava na rua uma viatura da PM. Podíamos, ou devíamos, ter fugido; na verdade, porém, não nos ocorria que o objetivo das forças da lei era o nosso precário futebol. Para nossa surpresa os policiais vieram em nossa direção. Um deles olhou-me (nunca imaginei ter aparência perigosa) e, abrindo a porta do camburão, ordenou:

– Entra.

Vacilei. Olhei lá dentro. Era um compartimento escuro e apertado aquele, um lugar de aparência sombria. Mas o pior era o significado de entrar ali. Quando a porta se fechasse, com estrondo, sobre mim, eu não apenas estaria separado de meu bairro, de meus amigos, de minha família. Eu estaria penetrando numa outra realidade, tão escura, apertada e sombria quanto o compartimento dos presos no camburão. Eu estaria ingressando na marginalidade, e quem me garantia que dela sairia? Não seria aquele o meu primeiro passo numa carreira (talvez bem-sucedida; talvez trágica; quem conhece os desígnios da Providência?) de gângster?

* * *

O policial esperava, impaciente, e eu não me decidia, mas aí o destino interveio, sob a forma de um morador. Dirigindo-se aos homens da lei, ele ponderou que não valia a pena me levar, mesmo porque me conhecia e estava seguro de que eu era um bom guri.

– Garanto que ele não incomoda mais – repetia.

Os homens se olharam e resolveram que não valia a pena gastar uma ficha policial comigo. De modo que depois de algumas ameaças embarcaram na viatura e se foram.

Era o Bom Fim, não a Candelária; era o Brasil, não a Europa Oriental. Escapei do Holocausto[2] porque meus pais vieram para este país, onde nasci. E escapei porque havia alguém ali para dizer que, apesar das aparências, eu era um bom guri. Tive sorte. Temos, todos nós, muita sorte. Em nome dessa sorte devemos pensar, cada vez que olhamos um suposto pivete, que ele pode, afinal, ser um bom guri.

2. Massacre dos judeus nos campos de concentração nazistas durante a Segunda Guerra Mundial. (N. E.)

Meu primeiro assalto

Carlos Eduardo Novaes

Eu sabia que mais cedo ou mais tarde chegaria a minha vez. Existem coisas inevitáveis a um cidadão de classe média da Zona Sul do Rio de Janeiro. Uma delas é pagar impostos. A outra é ser assaltado. Até que resisti muito. Conheço história de garotos que sofreram o primeiro assalto antes da primeira comunhão.

Vinha me preparando durante todos esses anos, com a disciplina de um maratonista, para enfrentar o primeiro assalto. O primeiro assalto é algo tão importante na vida das pessoas quanto o primeiro beijo ou o primeiro amor. Treinei duro, fazendo caras diante do espelho, decorando frases, aperfeiçoando a expressão corporal. Nas reuniões sociais, ouvia atentamente as narrativas dos assaltados. Às vezes, devo dizer, ficava meio deprimido porque todas as pessoas que conheço já tinham sido assaltadas, enquanto eu continuava circulando impunemente há mais de 40 anos pelas ruas e vielas da cidade. Por que essa discriminação? Tenho cara de quem ganha salário mínimo?

Enfim, aconteceu na porta da garagem do meu prédio. Sempre ouvi dizer, nas incontáveis histórias sobre assaltos a edifícios, que os ladrões são rapazes bronzeados, elegantes, terno e gravata (alguns de colete), bem falantes e desembaraçados como um vendedor de enciclopédias. Ao olhar para meu primeiro assaltante, confesso que senti uma pontinha de frustração. Era um tipo magro, abatido, com os dentes em péssimo estado e vestido como se fosse para um arraial de São João. Ainda por cima, era gago.

Devia ser oito e meia da noite quando cheguei com Eliane à porta da garagem. Saltei, toquei a campainha e voltei ao carro, aguardando o porteiro. Foi nesse instante que ele apareceu. Uma forte emoção me subiu pelo corpo. Tratava-se afinal de um momento ansiosamente esperado, por muitos e muitos anos. Aproximou-se da minha janela, exibiu seu 38 e anunciou:

– Isso é um… é um as… ass… assss…

– Assalto? – antecipei-me, nervoso com aquele suspense.

– É isso aí! Va-vai pas… sando as jo-jo… jo-jo…

– Jo-jo? Não sei o que é… – fiz-me de desentendido, procurando ganhar tempo até a chegada do porteiro.

– Você sa… sa-sa… sa-sa…

– Sassassaricando!? – lembrei-me dos meus tempos de jogar mímica.

Ele deu com o cano do revólver no meu ombro, irritado, mas sem nenhuma autoridade. Tinha um comportamento de amador. Eu estava mais preparado para ser assaltado do que ele para assaltar. Sem dúvida era um novato no ramo. Talvez estivéssemos participando, ambos, do primeiro assalto.

– Quero o ouro – disse, muito trêmulo.

– Tudo bem. Você terá... – procurei acalmá-lo. – Fique tranquilo.

– Quem disse que não tô tranq... tranks... calmo?

Quando Eliane começou a tirar a pulseirinha, o porteiro abriu a porta da garagem com grande estardalhaço (a porta está meio empenada, raspando no chão). O assaltante meteu o revólver na cintura e partiu para cima do porteiro, empurrando-o contra a parede.

– Você fi-fi... fi-ficaí!

O porteiro, sem saber do que se tratava, reagiu agressivo:

– Fico aqui por quê, pô?

Os dois passaram a discutir na frente do meu carro. Eliane sugeriu que déssemos marcha a ré, aproveitando a distração do ladrão, e fôssemos chamar a PM.

– Negativo – respondi. – Venho me preparando há anos para este momento. Agora quero saber como vai acabar.

– Que loucura! Quer dizer que você quer ser assaltado?

– Quero. Você não sabe que tenho um problema de rejeição com relação a assaltos? Se nós sairmos daqui, quem vai ser assaltado é o porteiro. Ele não vai me roubar a cena. Este assalto é meu!

Recuperamos a tranquilidade e voltamos a conversar como se estivéssemos parados no *Drive-In*[1]. À nossa frente, menos de um metro, o porteiro e o assaltante continuavam num bate-boca como se discutissem a Constituinte.

– Fi-ficaí encostado na pa-pa... pa-pa... pa-rede, que eu tô-tô... mandando!

1. Palavra inglesa para o estabelecimento onde o cliente entra e é servido no próprio carro. (N. E.)

– Qualé, cara! – retrucou o porteiro. – Quem é você pra mandar em mim?

Botei o farol alto em cima dos dois para ver melhor a cena.

Quando meu assaltante revelou sua atividade, nem o porteiro acreditou. Sorriu com o canto do lábio naquela expressão de descrença. Aí, juro, o assaltante teve uma reação inesperada: virou-se para mim e pediu minha confirmação.

– So-sou ou não so-sou?

Pedi licença a Eliane, interrompi a conversa, botei a cabeça para fora do carro e falei com o porteiro:

– É isso aí. Ele é um assaltante! (Meu assaltante, pensei.)

O ladrão levantou a fralda da camisa, sempre desajeitado, e mostrou o "documento" na cintura. O porteiro mudou de cor e se jogou de costas, braços abertos contra a parede. O assaltante tornou a empunhar a arma e voltou à minha janela com uma pergunta que contando parece mentira.

– Onde é que nó-nó... nó-nós estávamos?

– Bem, se não me engano, falávamos sobre os problemas da Serra Pelada.

– De... o quê?

– Ouro! Toma logo minha pulseira – disse Eliane, nervosa, querendo acabar com aquilo.

No momento em que o assaltante ia metendo a mão pela janela, parou um fusca ao meu lado, cheio de gatões e gatinhas, buzinando para alguém no prédio. O assaltante recuou o braço, assustado com aquela presença inesperada. Assustou-se mais ainda com as cabeças que apareceram nas janelas. Um pouco apertado entre os dois carros, fez um gesto brusco e saiu correndo ladeira abaixo. Antes, ainda pude ouvi-lo reclamar: "Pronto, estragou tudo!". No gesto, esbarrou a mão no espelho retrovisor externo e deixou cair a arma. Apanhei-a e levei-a para casa, sem saber se ficava triste ou alegre com o resultado da experiência. Meu primeiro assalto foi mais proveitoso do que poderia imaginar: rendeu uma crônica e um 38. Se é que foi um assalto. Como se chama o delito penal quando o assaltado sai no lucro?

As boas almas

Ivan Angelo

Quase todas as manhãs vejo o senhor que sobe a última quadra da rua das Palmeiras com um saquinho de supermercado na mão e para na praça Marechal. É recebido por uma revoada rasante de pombos, cuja euforia alada logo atrai outros, mais de uma centena, e o senhor murmura "calma, calma", enquanto enfia a mão no saco plástico e atira no chão de terra do *playground* punhados de farelos de pão e de milho misturados, até esgotar o saco, que sacode de boca para baixo sobre as cabeças e bicos atarefados. Observa a cena por algum tempo, com ar satisfeito, depois volta para casa.

Os bichos de rua têm muitos amigos na cidade enorme. Perto dali, no Parque da Água Branca, ou mais longe, no Parque do Piqueri, ou no Centro, na Praça Ramos, senhoras suaves levam iscas para os gatos, que as rodeiam com miados de boa-tarde e obrigado, oh, muito obrigado. Talvez isso os torne meio relapsos na caça aos ratos, mas nem adianta dizê-lo à aposentada dona Lourdes, no Piqueri, pois nada mudaria sua rotina de juntar restos de cozinha e carninhas de açougue, cozinhar com um pouco de tempero, "só para dar um gostinho", e promover o vesperal banquete.

Os cães vadios não se organizam em comunidades, como os gatos. Batem perna pelas calçadas até encontrar um catador de papel ou um morador de rua precisado de companhia. Reconhecem-se num só olhar. Aquecem um ao outro no inverno, em morno abraço de carentes. De dia o cão come da comida que o homem arruma, de noite retribui rosnando contra invasores. Em caso de escassez de alimentos, a preferência é sempre do cão. Ao cuidar dele o homem compensa o seu próprio abandono, torna-se um provedor, responsável por alguém mais necessitado e desamparado. Poder dar é a sua riqueza naquele momento. Mais do que riqueza: é a recuperação da sua humanidade.

Se um desses cães sem dono de pelo embaçado encosta em um portão, acaba encontrando alguém que lhe chega uns restos, e vai ficando por ali, e seu pelo com o tempo brilha agradecido, e ele se torna valente guardião daquela porta. Cães não gostam de ficar devendo obrigação.

Peixes e marrecos engordam nos lagos dos parques públicos, mimados pelos visitantes. No zoo é preciso coibir a compulsão dos alimentadores. No Simba Safári, macacos fazem piquenique sobre os carros. Há quem plante pitangueira no quintal, ou goiabeira, só para farra de passarinhos. Até pardais encontram quireras de afeto. A cidade é o grande albergue das espécies vagabundas.

Numa destas manhãs em que me senti desocupado como esses bichos, segui o senhor dos pombos até a praça. Eles já o conheciam bem, talvez o esperassem. Apreciei os gestos cada vez mais largos com que ele procurava atirar o farelo para os pombos mais afastados, a fim de evitar disputas. Onde não há para todos, sabe-se, a civilidade desaparece. Falei com ele, naquele momento final em que apenas parecia apreciá-los, sorrindo da sua voracidade, e fiquei surpreso ao ouvi-lo dizer que não gostava de pombos.

– Tenho horror da sujeira que fazem nos beirais dos prédios, nas calçadas.

– Por que dá comida para eles, então?

– Não é pela comida. Ponho anticoncepcional no farelo para ver se desaparecem aos poucos.

Gente que vai à feira

Marcos Rey

A feira é a praia do paulistano. Muita gente vai mais para tomar sol e encontrar amigos. Compras, um pretexto. A que frequento, a do Pacaembu, tem inclusive areia, devido a obras da prefeitura. Em minha infância a feira representava um castigo. Minha mãe levava-me na do Arouche, então a mais espaçosa e tradicional da cidade, para ajudar a carregar as cestas. Eu, que ia ao cinema mais vezes que qualquer garoto da rua, não podia negar-lhe essa ajuda. Sofria. Sofrimento já sentido na sexta à noite porque sabia o que me esperava na manhã seguinte. Para que eu não fizesse cara feia, ela me comprava maçã, tremoço ou rapadura. Dinheiro perdido. Nada compensava a chateação.

Já na mocidade, a feira novamente veio ao meu encontro. Assim como digo, pois instalaram uma justamente na rua e no quarteirão onde eu morava, nos Campos Elíseos. Às quatro da matina os caminhões começavam a descarregar toneladas de mercadorias debaixo de minha janela, no quarto da frente. Dava para dormir? O jeito era no sábado sair cedo de casa, certamente sem poder usar o carro ou chamar táxi. Precisava então andar 500 metros entre barracas enfileiradas, desviar de caminhões, evitar bater a cabeça nos tipos mais variados de balança, já a par dos preços de tudo, para enfim ver as bancas a distância.

Somente décadas depois me reconciliei com esse tipo de comércio. Minha mulher que aos poucos foi me revelando o encanto e os inesperados das feiras. A graça e mesmo a poesia que resulta dessa intensa atividade a céu aberto. Para ela os feirantes são gente boa, todos saudáveis, alegrões e solidários. E sabem preencher qualquer espaço com um gostoso clima de descontração. Minha mulher conhece a maioria pelo nome. Se por acaso esqueceu o talão de cheque, pode levar a compra assim mesmo. Distinguem de longe as pessoas honestas. São as paredes, os recintos fechados, talvez, que camuflam o mau-caratismo. Entre os feirantes, na transparência da manhã, a má intenção logo é flagrada e muitas vezes acaba em corrida e pescoção.

Aquela é a banca do Benzão, que faz os melhores pastéis do hemisfério. Pessoas vêm de longe para saboreá-los. A moça forte, de origem alemã, a dos ingredientes para feijoadas e bacalhoadas, sempre distribuindo fatias de presunto, é a Dirce, a beleza da feira. A barraca da Kisuco é um dos pontos de parada obrigatória. Com toda a família, vende queijos e azeitonas. São japonesas rosadas, não amarelas. Aceno para o Antônio, que com seus filhos universitários gosta de exibir a qualidade e variedade de seus peixes.

Aquele homem alto e magro, ainda jovem, é um industrial influente na política nacional. O que está passando é um filólogo ilustre, membro da Academia Paulista de Letras. E lá está o âncora do programa de televisão das se-

gundas-feiras, que nunca perco. O taciturno freguês das laranjas é um psicanalista famoso. Aquele, simpaticão, falante, é um carioca que se tornou um dos maiores divulgadores culturais de São Paulo. Candidatos a cargos eletivos costumam aparecer. É fácil identificá-los. São os mais sorridentes e os que mais comem azeitonas. Verdes, nunca pretas. São a esperança.

Feira deixou de ser coisa só de mulher. E elas próprias já não as frequentam sem antes um encontro com o espelho. Alguma displicente vaidade matutina se faz necessária. Por isso já existe o conquistador que finge fazer compras, no fundo um tipo inibido, preso às atrações domésticas da sexualidade.

Na última vez que fui à feira, uma garota gorducha aproximou-se de mim e pediu um autógrafo. Tendo publicado recentemente um livro, saquei a caneta. Uma senhora de óculos azuis acercou-se. E meu editor que não acreditava em sucesso! Um homem carregando uma pasta me viu autografar, sorriu e parou. Também queria. Um só retratinho na contracapa fazia aquilo. Fiquei feliz. Já não se pode dizer que é um país de analfabetos. Duas mulheres vermelhudas apressaram-se em arranjar pedaços de papel para que eu assinasse. Formou-se uma pequena fila.

Alguém não me conhecia.

– Quem é o simpatia?

A de óculos azuis informou:

– Não conhece? É o doutor Lilico da novela das 7, o pai da moça. – E querendo me comprar com um sorriso: – Vai deixar que eles se casem no final? Conte pra gente, conte.

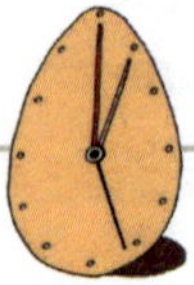

O ovo

Ferreira Gullar

Aquele restaurante era tão triste como a maioria desses pequenos restaurantes que, depois das sete da noite, dão de comer à fauna dos trabalhadores noturnos. Pessoas sozinhas em mesas de dois e quatro lugares, pessoas que são sempre as mesmas, àquela hora, mas que não se falam nem se cumprimentam. Comem em silêncio e vão embora. O ambiente era esse até que apareceu o homem do ovo, um sujeitinho magro de cara chupada.

– Já escolheu?

– Quero um ovo, mas nem cozido, nem frito, nem quente…

– Como?

– Quero um ovo entre cozido e quente, sabe? Nem muito mole, nem muito duro.

Era natural que a coisa não desse certo. O garçom pediu na cozinha "um ovo cozido malpassado". Trouxe-o para a mesa, o homenzinho olhou e desaprovou com a cabeça: estava mole demais. O garçom desculpou-se e prometeu trazer outro ovo, no "ponto" exato. Trouxe. O homenzinho de novo desaprovou: estava duro demais. "Como hoje assim mesmo; amanhã, daremos um jeito."

Na noite seguinte, disse ao garçom: "Avisa ao cozinheiro que deixe o ovo ferver durante três minutos e meio, nem mais nem menos". Mas ainda não era dessa vez que se atingiria o ideal. "Sei o que foi" – disse o freguês –, "ele pôs o ovo na caçarola antes da água ferver". O próximo ovo teria mais chance. "Lembre-se: três minutos e meio precisamente." O garçom explicou que não tinha relógio, o cozinheiro também não.

Veio o dono do restaurante. "Precisamos de alguém que controle o tempo de preparo de um ovo", explicou-lhe o homenzinho. O dono controlaria. "Quando a água ferver, me avise e eu dou o sinal para colocar o ovo na panela. Nosso amigo fica observando o ponteiro de segundos, OK?"

A essa altura o restaurante parara para acompanhar a operação ovo. "Começou a ferver." "Pronto, ponha o ovo na panela." Durante três minutos e meio houve um silêncio total. "Pode tirar", gritou o patrão. E quando o garçom veio com o ovo, os fregueses rodearam a mesa do homenzinho, que já o descascava: "Ótimo".

E a partir desse dia, o restaurante ganhou outra vida: chegada a hora do ovo, todos paravam de comer e ficavam esperando. Nasciam discussões sobre o tempo exato para conseguir um ovo daqueles. "Seu relógio atrasa." "Nada disso, uso relógio de aviador." "Para ovo de casca pintada o tempo é três minutos e cinquenta e oito segundos." "É muito: três e cinquenta e sete." Mais tarde surgiram as apostas e dúzias de ovos eram devorados àquela hora. Em consequência disso, o restaurante prosperou e a freguesia engordou. Mas o homenzinho procurou outro restaurante onde pudesse controlar o tempo exato de seu ovo e comê-lo em paz.

A arte do assaltado

Walcyr Carrasco

Saio da padaria e ando rapidamente até o carro. Quero chegar em casa antes da novela. Eles se aproximam quando abro a porta. Percebo imediatamente que não perderei apenas a novela mas também o carro. Já estou suficientemente treinado para entregar as chaves antes que falem qualquer coisa. Olho para os dois, mantenho a calma e digo:

–Tu-tu-do be-bem!

Sou obrigado a ir no banco do lado. Indico o caminho que leva diretamente à periferia. Ofereço os pãezinhos:

– Aproveitem, estão quentinhos.

Eles me olham, simpáticos. Faço tudo para que o clima seja o mais agradável possível. Tento contar uma piada, mas ninguém ri. Sou deixado num viaduto. Gentis, eles garantem que só querem o veículo para uma fuga. Poderei encontrá-lo no outro dia. Levam os pãezinhos. Quando se vão, respiro fundo. Vitória! Os ladrões ficaram satisfeitos. Nunca mais achei o carro, mas fui elogiado por todos os amigos porque me comportei bem. É uma loucura. A rapinagem está atraindo tal número de meliantes em início de carreira que o assaltado é quem deve administrar o roubo.

Uma amiga minha, psicóloga, foi retirar dinheiro num caixa automático de uma avenida importante. Início de noite, e o local tinha movimento. Ao sair, abriu cordialmente a porta para o adolescente bem-vestido que esperava. Era o assaltante. Empurrada para dentro por ele e um comparsa, foi obrigada a conduzir o assalto contra ela mesma. Ensinou os dois a usar o cartão magnético e tentou acalmá-los, porque estavam nervosos. Depois explicou que entendia a situação e não tinha nada contra o fato de ser roubada, algo tão normal atualmente. Até avisou:
– Escondam o revólver, que a polícia está passando.

Tornou-se a cúmplice perfeita. Discordou da ideia de irem embora a pé. Mostrou onde tinha estacionado. Em compensação, negociou o dinheiro do táxi.

E quando a casa é invadida? Um casal que conheço foi mestre na arte de receber diante das escopetas.

– Querem um café enquanto meu marido abre o cofre? Ou preferem uma refeição? – ela ofereceu.

Um deles quis uísque. O marido sugeriu:

– Meu filho, não beba. Você vai ter de fugir, a rua tem policiamento. É arriscado. Leve a garrafa.

O líder agradeceu o palpite e pediu bifes. Ao mesmo tempo que os dois rapazes acompanhavam o proprietário em busca de valores, a mocinha de expressão selvagem foi à cozinha com a *hostess*[1]. Depois de séculos longe das panelas, esta fez um jantar sofisticado. Serviu na mesa de jacarandá. O casal comeu junto. A certa altura, ela comentou, charmosa:

1. Anfitriã, dona da casa, em inglês. (N. E.)

– Desculpem, mas foi só um cardápio rápido. Se pudesse, teria feito uma receitinha francesa que vocês iriam adorar. Mas leva tempo. Quem sabe...

Todos se olharam. Quem sabe uma outra vez, quis ela dizer? Os da rapina ficaram constrangidos. Um deles foi delicado:

– Não esquenta, dona. Tá muito bão.

Despediram-se cortesmente. Só conheço um caso que terminou em violência. Foi com um amigo da esquerda radical. Ao ser travado, não só se deixou depenar com leveza como ainda quis conscientizar o gatuno:

– É isso aí, companheiro. Estou do seu lado, porque sei o que é a crise e o desemprego. Mas você tem de entender a expropriação dentro de uma perspectiva mais ampla.

Levou um tapa. É raro.

Dia desses, um executivo recebeu um telefonema:

– Alô? Aqui é o rapaz que levou seu carro e a carteira.

– Oba! Como vai?

– Tudo certo, tio. Queria apenas avisar que vou devolver seus documentos pelo correio. Olha, desculpa o contratempo, mas sei que o seguro cobre o Monza. É minha profissão. Você entende?

– Puxa, é claro. Boa sorte, hein?

Há algo de podre neste reino[2], mas não imagino sequer como resolver. Só me resta, como Hamlet, olhar para uma caveira e reclamar para fantasmas. Ou então, na próxima vez, mirar firme o safado e partir para a prática:

– Sinto muito, mas você está fazendo tudo errado. Passe a arma. Pronto. Agora, a grana. De assaltos, entendo mais que você!

2. "Há algo de podre no reino da Dinamarca", frase proferida por Hamlet, personagem de Shakespeare em peça teatral de mesmo nome. (N. E.)

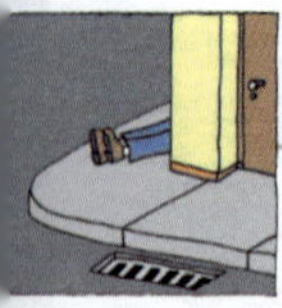

Na esquina e na praça

Marina Colasanti

Dobramos a esquina e vi o homem caído. Não. Dobramos a esquina e ouvi os gritos do homem caído. Não. Dobramos a esquina e ouvi os gritos. Aí vi que eram de um homem caído.

– Mãe, vou até a praça com a Rita brincar nos balanços.

– Tá bem. Não demora. Rita, traz leite na volta.

Vi o homem caído e pensei que estivesse ferido e falei, para o carro que o homem está ferido. Mas logo pensei que estivesse bêbado, mania minha de dramatizar. Aí vi o sangue.

Começou a chover, achei que as meninas tinham se protegido debaixo de alguma marquise. Não me preocupei por elas estarem demorando.

O homem estava caído ao lado da carrocinha de cachorro-quente, na calçada da praia. Saltamos do carro correndo. Pensei que tinha se machucado carregando engradados de refrigerantes, tinha se cortado nos cacos. Tentei inventar uma história para justificar de forma incolor o homem caído no sangue. Mas o homem tinha a sua história.

Reclamei com as duas quando as vi chegar. Vinham suadas, de cabelo molhado. Cadê o leite? perguntei.

– Foi assalto. Levaram todo o dinheiro. Estavam de carro.

O homem pálido, a cabeça encostada num embrulho, quase não se mexia. Cadê a ambulância? Já vem. O sangue na calçada ia virando mingau, os sapatos deixavam uma marca clara revelando o cimento.

– Mãe, você não sabe o que aconteceu!

– Deram tiro nele de pura malvadeza. Não queriam pagar o cachorro-quente e ainda levaram o dinheiro.

O homem gemendo. Me leva, gente, me leva que eu estou morrendo. Tá morrendo nada, foi na perna, amigo, perna não mata ninguém. É, mas é na perna que tem a femural, eu fosse a senhora levava ele, a ambulância não vem mesmo, o homem acaba morrendo.

Acaba morrendo no meu carro. Aí, o que é que eu faço? E vai manchar tudo de sangue. Não, não é por causa do sangue, mas é porque a gente não deve mexer em gente ferida. Não é não, é por causa do medo mesmo, estou com medo de me envolver com o homem, com o sangue do homem, com a morte e a vida do homem. Oh, meu deus, por que é que eu fui passar por esta esquina e dar de cara com a minha mesquinhez?

– Mãe, foi um bando de meninos, os crioulinhos daí do morro. Eles rodearam a gente e atiraram areia e pedras na gente, puxaram o cabelo da Rita, aí disseram que minha mãe era piranha e eu disse que não era, que minha mãe é jornalista, e eles não deixavam a gente ir embora nem andar, e disseram que iam arrancar minha carteira e tomar meu dinheiro e ainda me davam uma surra.

– Eu vi da janela quando deram o tiro nele.

Será que o homem morre mesmo? E se morrer e eu não tiver levado ele, como é que vou viver depois? E se eu levar e morrer no caminho, como é que vou viver depois? Mas eu juro que a ambulância vem, o homem disse que vinha. Eu preciso que a ambulância venha.

– Aí, mãe, chegaram dois moços e vieram salvar a gente. Espantaram os meninos, deram a maior bronca, e trouxeram a gente até aqui embaixo.

Lá vem a ambulância. Pronto. É pela boca da calça que se levanta a perna de um ferido. Eles sabem mexer sem machucar. O homem não está morrendo, não vai morrer, não tem femural nenhuma. Foi um tiro na perna, e eu estou salva.

– Tive tanto medo, mãe.

A cidade e suas ilusões

Surpresas no parque

Ivan Angelo

Gosto de pequenos parques. Da luz domada, do farfalhar, das sombras, dos ruídos furtivos, do passo discreto dos frequentadores habituais. Nos parques onde não há espaço para bicicletas ou *skates*, recupera-se um pouco da calma civilizada das tardes, no estilo antigo. Comportam-se as pessoas com aquilo que se chamava de bons modos. Não há gritos, estouvamento, invasão de espaço. É o prazer simples de estar.

Por isso estranhei aquele homem grande, magro, sujo, avermelhado de tez e de barba, que parou na minha frente. Não conhecia as regras, deveria ser de fora. Sentado no banco, a primeira coisa que vi, antes mesmo de olhar a figura, foram os pés. Grandes pés gretados, cascudos, metidos em duas sandálias de dedo, solado grosso de pneu. Chamou-me de cidadão.

– O cidadão pode dar-me atenção?

Achei bonito aquilo, cidadão. Senti-me cidadão. E foi de cidadão para cidadão que disse pois não. O que ele queria, e desconfiei que primeiramente, era saber como se saía de São Paulo. Tinha roupas encardidas, talvez menos de cinquenta anos e uma trouxa que segurava na mão calosa e forte.

– O senhor quer ir para onde? – perguntei, pretendendo, conforme, indicar a estação rodoviária ou ferroviária.

– Piauí.

– De ônibus ou de trem?

– A pé.

Meu espanto foi motivo para um riso de setenta por cento de dentes.

– Vim a pé, volto a pé.

E contou-me a sua história. Saíra "de viagem" havia uns três anos. "Pode ser mais." Fora até o Sul, bem lá embaixo, "onde já não se entende muito bem o modo de falar", e estava voltando. Não aceita carona na viagem, disse, e não por promessa, mas por gosto mesmo de andar. A gente é bicho igual os outros, disse, não tem de andar rodando. Por onde passa, faz pequenos trabalhos em troca de comida. Racha lenha, capina, colhe, planta, varre, carrega, limpa, cata, conserta, pastoreia, faz um pouco de tudo.

– Há alguma coisa que eu possa fazer pelo cidadão? – perguntou.

Percebi que comer era o segundo objetivo da sua abordagem e ofereci-lhe o que havia ali ao lado, um cachorro-quente. Comeu dois, enquanto contava mais e voltávamos ao banco. Preferiu sentar-se no chão. Imaginei que por deferência com o próximo que se sentasse ali, e percebi que era um homem civilizado como o meu parque merecia.

Chamava-se Ilalaê no Maranhão, Melquesedeque no Piauí, conhecido por Melque. Havia nascido na serra que divide os dois Estados, e morava ora num, ora noutro. Confidenciou que não gostava muito do seu caráter piauiense, preferia o maranhense, "mais índio". Era casado como Melque no Piauí, e como Ilalaê no Maranhão. Queria saber se o cidadão achava isso errado, ter duas famílias. Respondi o que achei que ele queria ouvir, que não achava, que se ele se sentia como duas pessoas diferentes, tinha direito a duas mulheres. Nunca tinha encarado daquela maneira, disse ele, achava que estava certo sem saber que estava certo.

Fiquei curioso de saber se quem estava viajando era o maranhense ou o piauiense. Que procurava ele andando pelo Brasil? Por que havia saído? Encontrara o que buscava? Perguntas metafísicas demais para se fazer a um andarilho, e preferi calar.

Não era um mendigo; era, a seu modo, um turista. Descera pelo oeste, voltava pelo leste. Achara o Rio fácil de andar, quase uma linha reta; depois avistara uma placa indicando São Paulo e se desviara. Estava, havia alguns dias, tentando sair de São Paulo, e a cidade parecia que não tinha saída, não acabava nunca. Gente demais. O cidadão podia indicar o rumo da saída? Indiquei, não tinha erro. Ele se levantou, agradeceu, desejou-me saúde, e perguntou antes de sair:

– O que essa gente toda veio fazer aqui?

Eu não soube explicar.

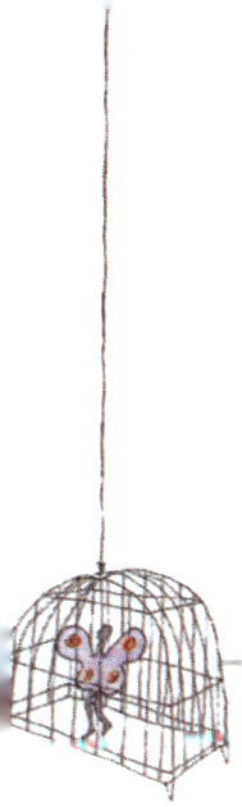

Borboleta suspensa do viaduto

Lourenço Diaféria

O arrojado espetáculo acrobático que o pintor de paredes Milton de Aragão programara para o Viaduto do Chá terminou melancolicamente e, do ponto de vista artístico, não foi bem compreendido pelo público e pelas autoridades.

Quando se encontrava pendurado por um fio de uma altura de quinze metros, sua façanha foi tomada por uma vulgar tentativa de suicídio, a radiopatrulha interferiu, bombeiros compareceram e por fim o delegado encaminhou o artista a exame de sanidade mental.

Em vão Milton explicou que não era louco, pelo menos não mais do que os cidadãos que assistiam à sua exibição. Apenas que, durante boa parte de sua vida, pintando paredes de altos edifícios, se especializara na dura profissão de arriscar a pele e agora se comprazia em dar uma demonstração pública e gratuita de sua capacidade.

Seu número de gala – para o qual treinara com tanto afinco e que deveria ser a glória consagradora que o tiraria definitivamente do anonimato – foi sumariamente suspenso pela censura e adiado *sine die*[1].

1. Por tempo indeterminado, em latim. (N. E.)

Não é minha intenção tomar partido contra o bom-senso, que se preocupou em manter vivo mais um pintor de paredes, cujos serviços são hoje mais do que nunca necessários e procurados. Mas também não posso deixar de me comover diante dessa tentativa desesperada de um homem projetar um futuro melhor, mesmo arriscando sua segurança física.

Milton de Aragão, se não cometo um erro de interpretação, é uma dessas pessoas insatisfeitas com a posição que ocupam na engrenagem, um paralelepípedo no calçamento que todo mundo pisa e ninguém nota.

Vendo televisão (conforme ele mesmo esclareceu), impressionou-se com o voo que um artista de novela fez e, possivelmente de olho no cachê, julgou que poderia realizá-lo até melhor.

Para provar, não hesitou em pendurar-se do viaduto no centro da cidade.

Com isso não ganhou nem fama nem dinheiro – e até foi tomado por demente. Teve, porém, singela compensação: recebeu o apelido de Homem Borboleta.

Pois bem, meu caro Homem Borboleta: escute aqui alguns palpites de um senhor que compreende seu voo. Antes de mais nada, a vida (como a televisão) tem muita trucagem, e você não deve se impressionar com o que vê. Vá devagar e procure um empresário que possa capitalizar seu arrojo.

Seu erro maior (talvez o único) foi tentar ser, ao mesmo tempo, produtor, diretor e intérprete de seu espetáculo. Lembre-se de que o mundo está saturado de atos de variedades improvisados e há artistas em demasia na praça. Artistas de todos os gêneros, também eles se agarrando a fios e dando piruetas no ar. Quero crer ainda que as exibições públicas estejam sujeitas ao imposto municipal de diversões, e você, por inexperiência, pode acabar multado.

Quanto à suspeita de loucura, não ligue a mínima.

Eles sempre inventam a mesma desculpa quando não alcançam o significado de nossa ânsia de liberdade. Como podem chamá-lo de louco, se o boxe, as corridas de automóveis, as guerras são permitidos por lei e até prestigiados? Então um excelente pintor de paredes não pode ousar a sensação de que é um pássaro livre e desembaraçado da pesada condição humana?

Você é que está certo, Homem Borboleta.

Quis dizer-lhe tudo isso pessoalmente e até fui procurá-lo na rua Roque de Morais, sem número, bairro do Limão, que conheço como as riscas de minha mão. Mas não o encontrei, pelo simples fato de que ninguém o conhece nessa rua. Bati em várias portas: no número 89, vendem-se mudas de rosas; no número 86, consertam-se enceradeiras e liquidificadores; no 108, faz-se tricô; no templo Evangélico Batista, os crentes leem a Bíblia; no Lanches Sarambeque, os rapazes deixam os cabelos crescer e bebem refresco com canudinho; e na única casa sem número da rua mora o sr. Orozimbo.

Ninguém o conhece, Homem Borboleta, o que é lamentável – pois prova que as pessoas estão todas preocupadas consigo mesmas e não têm tempo nem disposição para avaliar seu justo e esvoaçante sonho.

Manhã de domingo

Millôr Fernandes

Caminhando contra o vento que, diz a moça bonita da Globo, está no Rio Grande do Sul, virá mais tarde. Caminho, neste início de primavera; passo pelo posto de gasolina do fim da avenida, ainda fechado. Entro no Jardim de Alá, só uma doméstica jovem, as calças bem apertadinhas na frente e atrás – caçada milenar ao macho –, dobro à direita.

Vou andando sem pressa, pelas ruas ainda vazias da classe média que deve estar curtindo um pouco mais o seu sono tranquilo. Pouco tráfego. O colégio São Paulo de portas fechadas. Cafés também ainda não abriram. Belo clima de manhã de domingo, a paz recuperada do tumulto semanal. Mas, domingo? Não, me conscientizo, é segunda-feira. Tão estranho esse mundo surrealista que inventei pra mim mesmo. Qué que há comigo?

Vejo, na próxima esquina, uma visão reasseguradora de minha urbanidade. Fileira de poderosos carros da polícia, tinindo de novos e bem cuidados. E alguns policiais vestidos em uniformes elegantes, evidentemente confeccionados em Saville Row[1].

1. Rua dos alfaiates mais conceituados de Londres. (N. E.)

Policiais postados, como sempre, na posição hierática típica de nossa abrangência, de nossa emergência cidadã. Dois com um pé na parede, um terceiro coçando o saco, os três cuidando de minha integridade física, de minha paz de espírito. Foi o que disseram. Foi o que me explicaram. Senão, senão, o senhor sabe. Eu não sabia, mas fiquei sabendo. É sempre bom ficar sabendo. Em alguns momentos chega até a ser melhor do que ignorar.

Agradeci e saí andando. Com calma. Reapreciando a cidade de antigamente. Como é bom se viver onde se tem uma autoridade organizada.

Ainda que paralela.

O homem e sua balança

Lourenço Diafória

Caminha um homem pela rua com sua balança de pesar peixe. No passado desse homem há uma prisão. Pagou seu crime. E caminha agora, de uma certa forma, livre, pelas ruas da cidade com sua balança de pesar peixe. Com os peixes, e a balança de cinco quilos com que os pesa à vista dos fregueses, esse homem ganha a vida dura. Vende bagres, vende sardinhas, vende cavalinhas. E vai vivendo, escamando a vida. Um dinheiro aqui, um dinheiro lá. Sem ponto fixo. Nômade como são nômades os peixes do mar. Às vezes, às quintas, a gente o vê numa ponta de feira na periferia. Outras vezes, aos sábados, ele escolhe um ponto de ônibus distante. Vive de peixes e de espinhas, as guelras abertas de sufoco.

Esse homem que vende peixes tem uma filha bem pequena. Pode-se dizer que está nascendo a filha. É frágil como a brisa. Um pedaço de gente. Um pedaço de sonho. Mas essa filha pequena e frágil é o pedaço melhor da vida do homem que vende peixe com sua balança de ferro. Nos olhos da criança brilha o luar, brilham as areias da praia, brilha o azul das Três Marias, brilha o Cruzeiro do Sul. Quando o homem chega à noite em casa com a balança, as mãos e a camiseta suada cheirando a peixe, o banho que o lava, o sabonete que esfrega no corpo cansado é para ficar outra vez limpo e perfumado para poder pegar nos braços o olhar da criança – sua filha.

Um dia a filha adoece. O homem não tem dinheiro e não tem peixes. Ele sai às ruas com a balança para vendê-la. Vai vender a balança na bacia das almas, trocá-la pelo direito de comprar remédios na farmácia. Caminha o homem pelas ruas com a balança de pesar peixe. Tem um comprador que lhe vai dar o dinheiro da salvação. Dinheiro não traz felicidade, bem sabe ele. Mas há uma filha doente, que se perca a balança, e todos os peixes do mar.

Nisso, para um carro escuro, dele descem homens com voz de autoridade. Querem saber, bem explicado, qual a origem e o destino da balança que o homem aflito carrega pelas ruas da cidade, em atitude suspeita. Tudo nesse homem é suspeito: o cheiro da camisa, a barba malfeita, o olhar assustado, a balança sem pescado.

O homem confessa a verdade:

– Amigos, ouvi esta coisa simples: sou um homem que pesa seu peixe com esta balança suada. Ela é meu sustento. Ela é minha arma. Ela é meu arrimo. Ela é minha ferramenta. Ela é meu pé de cabra. Com ela peso peixe. Com ela compro feijão. Com ela busco o leite para minha filha pequena. Com ela vou atrás do remédio para tirar do hospital minha filha doente. Ouvi esta história, senhores. Sou um pai que vende peixes com sua balança de ferro nesta cidade de aço. Desculpai se mal vos pareço, mas nesta altura da vida não tenho outra saída, senão ser assim tão suspeito. Mas sou homem de respeito.

Os homens olham cismados. Tanta truta[1] na cidade! E uma balança assim, sem recibo, sem endereço. Tem jeito de ser roubada. Sinto muito, camarada. Vamos lá para o distrito, numa boa.

O homem grita e se explica, mas sua palavra é fumaça. Não vale nem um centavo. A história estranha da filha não cola nestas paragens. A sua voz não tem peso. Se colocada num prato daquela balança de ferro, não move nem o fiel, é mais leve que sardinha.

Com os olhos rasos de ódio, desce ele ao porão do distrito. O telex da delegacia bate pedido de informes. O tempo escorre, impreciso. Três dias mofa o suspeito com sua balança apreendida. Três dias sem vender peixe. Três dias sem ver a filha, numa sala de hospital. Três dias depois, ainda bem, por pura falta de culpa, é devolvido à cidade.

Outra vez caminha o homem com sua balança de ferro. Volta para casa aturdido. A balança segue leve. Mas há um peso no peito, e um pesado pressentimento. Chega em casa alvoroçado. E recebe aquela notícia: a sua filha morrera. Morrera longe dos olhos. De nada adiantam os peixes. De nada adianta a balança. Apagou-se a estrela da tarde. A filha é agora apenas um cadáver do tamanho justo e certo de um branco caixão de anjinho. Tão leve, parece pluma. Parece um punhado de nuvens.

O homem desembesta, invade o necrotério, agarra o que resta da filha. E leva o corpo da menina para provar ao

1. Trocadilho com os dois sentidos desta palavra: 1. Peixe de rio de água fria. 2. Negócio irregular, suspeito. (N. E.)

delegado que não falara mentira. E na mesa do delegado fica um caixão de madeira, branco, leve, indesmentido. Fugi, sardinhas, golfinhos, fugi, baleias, sereias, fugi, navios e barcos, fugi, velas e cavalos-marinhos. Fugi desta cena triste: um homem enterrando a filha – a estrela de sua vida.

No trânsito, a ciranda das crianças

Ignácio de Loyola Brandão

Estão sempre na esquina da avenida Brasil com a rua Colômbia. Duas meninas e dois meninos, num dia. No outro, três meninas, dois meninos. Parecem se alternar. Irão para outros pontos? Mas três crianças são fixas, donas do lugar. Conquistaram por usucapião. Dominam o território. Como e quem faz esta divisão? Por que não aparecem outras? Chegam cedo e só vão embora quando o tráfego diminui, depois das oito da noite. Cada uma carrega sua caixinha de Mentex, de chicletes, de bombom. Ainda que seja a região propícia ao luxuoso chocolate Godiva, se vende bem o Sonho de Valsa, dos mais gostosos. Faça sol ou chuva, as crianças estão ali, alertas, correndo da avenida para a rua, da rua para a avenida, ao sabor dos sinais de trânsito. Num canto da Imi, a loja de decorações, ficam duas mulheres. Talvez as mães ou quem quer que sejam. Não arredam pé do lugar, não se levantam nunca. Ficam apenas fiscalizando, atentas ao movimento das crianças. Passam o dia sentadas. Nunca sentem vontade de ir ao banheiro? E quando necessitam, como fazem? As empresas

por aqui certamente não as deixam entrar. Há uns arbustos perto da rua México. Seria ali que deságuam? De vez em quando, as duas tomam sorvetes. Ou um Yakult ocasional, quando passam aquelas mulheres puxando um carrinho branco.

As crianças possuem, entre elas, um *gentlemen's agreement*[1]. Quando o sinal vermelho acende, elas correm, distribuindo as tarefas.

– O BMW é seu!

– O Mercedes fica comigo!

– Corra para o Alfa!

Conhecem todas as marcas de "carrões". As crianças executam uma ciranda em meio aos carros, correndo agarradas às caixinhas. Os que se aproximam, dentro dos veí-

1. Acordo de cavalheiros, em inglês. (N. E.)

culos, mantêm os vidros fechados. Defesa paulistana. O vidro erguido isola o motorista do mundo.

As crianças rodeiam, olham para dentro, como esfomeados olham alguém comendo num restaurante. Há quem faça um aceno com a cabeça, sempre negativo. Outros abanam as mãos. Há os impacientes, os irritados. Terceiros continuam a conversar com os parceiros ao lado. O mundo no interior dos carros é uma bolha, cápsula espacial. As pessoas estão na estratosfera. Nada têm a ver com o que se passa fora. Todos fazem questão de não olhar, não ouvir. Como se estas crianças fossem invisíveis ou transparentes. Os olhares as atravessam, sem que elas se materializem, se corporifiquem, se tornem humanas.

Parecem não se cansar nunca. Sempre sorridentes. Brincam entre si. O não constante não as desilude, nem tira o ânimo. Sabem, desde cedo, que o não faz parte da vida delas, permanece grudado na pele. Conhecem mais o não que o sim. Correm de um lado para o outro. Os que estão nos "carrões" são os que nunca compram. Quem chega em carros "inferiores", em vulgares Fuscas, Gols, Voyages, Unos, em geral abre o vidro, dá uma palavra. Muitas vezes, as crianças querem apenas conversar com alguém diferente. Enfiam a cabeça dentro da janela, com olhos excitados. Sempre pedem alguma coisa, para não perder o hábito: "Tia, me dá aquele batom? Tio, me dá essa caneta?". E querem a revista, o jornal, o chaveiro que ficou no console, até mesmo os folhetos recebidos na esquina anterior.

Às vezes, chove. E o abrigo é original, ainda que não proteja muito. As crianças procuram se enfiar nos vãos das letras gigantescas que formam a palavra Imi. Letras de concreto, verdes. Há uma ligação entre o I e o M. O M abriga em suas curvas duas crianças. Claro que há proteção no caso de a chuva ser vertical. Se tem vento ou a chuva vem inclinada, elas se molham. Também não se importam. Existe coisa melhor, quando a gente é criança, que brincar na chuva? Ainda que essas crianças, de oito ou nove anos, mirradas, sejam adultas no que possuem de experiência, vivência. Amadurecem cedo. Olhamos e não sabemos. Quanto tempo terão de vida pela frente? Que caminhos existem diante delas?

Onde moram? Foram à escola algum dia? Faço mentalmente essas perguntas. Por que não faço direto para elas em lugar de ficar imaginando? É que sabemos as respostas. Neste Brasil sabemos todas as respostas sobre miséria, fome, subvidas. Por isso não perguntamos. As crianças desta esquina se reproduzem em centenas de outras esquinas desta cidade. Deste Brasil. Mas houve um dia em que elas estiveram especialmente excitadas. E felizes. Foi na manhã em que o cortejo levando Senna ao cemitério passou aqui. As crianças, contentíssimas, venderam, como nunca, suas balas, chocolates, Mentex, bombons. As coisas se esvaziaram. Tristeza de uns, meio de vida e alegria de outros.

Na multidão

Ferreira Gullar

Saio de casa e a confusão começa: ônibus passam – que digo! –, farfalham, tilintam, rosnam; bondes chiam e estridem; buzinas, explosões, batidos, apitos – estou em plena Cidade brasileira!

Sair de casa cansa mais que trabalhar. Andar pelas ruas do Rio é quase tão estafante quanto quebrar pedras. Não vou, precisamente, para parte alguma a esta hora, não tenho pressa, mas... Disparam lotações, voam automóveis, motocicletas, lambretas, um ciclista desliza milagrosamente no caos e dobra, lépido, a primeira esquina. O sinal fecha, as pessoas estacam de golpe, e ficam de motor roncando; outras atravessam entre os veículos, praguejam, e quase me atropelam quando abre o sinal: são pastas, embrulhos, quepes, batedeiras, relógios, enceradeiras, seres de um mundo velocíssimo, que a todos levam de roldão.

A todos nós, vítimas da Cidade gigantesca. Estou, cada dia que passa, mais certo de que o maior problema da vida moderna é a Cidade grande, monstruosamente grande, que nos oferece cubículos por casas e gasta nossas horas de ócio em infinitas e incômodas viagens.

Para uma cidade gigantesca não há água que chegue, não há transporte que chegue, não há pão, arroz, feijão, carne que cheguem. Uma cidade de três milhões de habitantes[1], perdoem o paradoxo, é inabitável.

E como é triste ser um em três milhões: Pedro, Antônia, Gisela, Carlos? De quê? Carlos de Três Milhões Anônimos da Silva. Mais triste quando se tem dezoito anos, e mais triste ainda quando se tem trinta como se fossem dezoito. O jeito é comprar uma motocicleta, tirar o abafador e sair gritando pelo cano de descarga a notícia de nossa presença no mundo. Presença que nem a nossa cara, nem nosso nome, nem nossa voz conseguem afirmar, dissolvidos na multidão. Saudemos, pois, o homem anônimo. De blusão, de *blue-jeans*, de motocicleta, de lambreta, lá vai ele, o indivíduo contra a massa, João, filho de dona Maria.

1. Em 2008, a população do Rio de Janeiro era de mais de 6 milhões de habitantes, segundo dados do IBGE. (N. E.)

Professor de geografia cata latas pelas ruas

Ignácio de Loyola Brandão

Pareceu-me um sujeito organizado. Assim que saí na calçada, ele se aproximou. Afastei-me, desconfiado. Movimento natural do paulistano, quando um desconhecido se aproxima. Principalmente um homem mal-ajambrado, sujo, sapatos cambaios, um pé diferente do outro. Estamos aumentando as distâncias entre nós e os outros.

– Não tenha medo, doutor! Não sou ladrão! Sou um trabalhador informal!

Nos cruzamentos, quando estamos no carro, quem se aproxima levanta a camiseta até a altura do peito, para mostrar que não é ladrão, não está armado. Aquele "sou um trabalhador informal" não era frase de vagabundo, denotava conhecimento. Ou ele teria ouvido? Tem gente de rua dizendo coisas incríveis.

– Sou catador de latas e estou cadastrando fornecedores.

Gostei. O sujeito me pareceu organizado. Tinha os dentes bons, quem sabe tivesse comprado uma das dentaduras às quais o presidente FHC se referiu um dia.

– O senhor compra bebidas em lata ou garrafa?

– Latas, não é? O mundo me obriga a comprar em latas. A gente consome e joga fora o vasilhame.

– Melhor para vocês, melhor para nós. Não existe mais espaço para vasilhame. Quanto a nós, é um meio de vida. Desde que se trabalhe muito.

Não era um despreparado, conversava com fluência, examinava a situação com clareza. Acrescentei algum tom à conversa.

– Já se foi o tempo em que era preciso levar o vasilhame e trocá-lo. Uma chatice! Algumas garrafas de cerveja tinham a boca diferente, só podíamos trocá-las por aquela marca. Garrafa de guaraná por garrafa de guaraná, Coca-Cola por Coca-Cola, Crush, Grapete, Caracu, Niger.

– O senhor lembra de Grapete? Quem bebe Grapete repete. E a Niger? Forte, encorpada, a gente sentia-se revigorado. Não se acha mais Niger nos bares. Saiu de linha. Tudo sai de linha, hoje.

– Deve ser a concorrência, os monopólios! Cada restaurante tem o seu fornecedor exclusivo. Me dá vontade de levantar quando peço um guaraná e só tem determinada marca. Uma ofensa. Ditadura.

– Olha, se eu pudesse entrar num restaurante, aceitaria a cerveja que me pusessem na mesa.

Senti vergonha, minha ficha caiu. Voltei ao real. O homem conversava tranquilamente, com noção das coisas. Lição elementar, clicherizada. As ruas estão cheias de gente interessante, empurradas para ela pelo FHC, sua ânsia de reeleição e obsessão pelo real. A moeda, não a realidade.

– O senhor sempre catou latas?

– Imagine? Fui professor. Geografia do Brasil.

– E agora…

– Desculpe, o senhor está com pressa!

Desviou o assunto, rápido, visivelmente envergonhado.

– Só queria que se comprometesse comigo. Guardasse as latas de sua casa, deixasse na garagem em meu nome. Ariovaldo. Ainda não tenho, mas prometo fornecer o saco plástico. Combinei com o zelador, ele é da minha terra, Corumbataí.

– Forneço o saco! Não vá ter esse gasto!

As coisas andam difíceis, a concorrência, enorme. Saio de madrugada e já encontro lixo aberto, devassado. Tem catadores violentos, tomam conta dos pontos. Nem posso me aproximar dos hotéis, já tem conchavo! Máfia. Meu sonho era ter a "concessão" para um hotel. Os catadores saem com carrinhos, vão de peruas. Os miúdos batem perna, de porta em porta, bar em bar, boteco em boteco. Tem dono de bar que, agora, quer vender. Pede dois centavos por dez latas. Ainda assim, saio ganhando oito, mas sou eu que me esfalfo o dia inteiro.

– Às vezes, vejo um bando com uma carrocinha.

– São famílias. Gente da mesma favela, do mesmo cortiço, do mesmo baixo de viaduto. As pessoas se organizam, meu senhor. Meu sonho é conseguir um carrinho de supermercado. Um, dois, três. Quem sabe monto uma frota, um dia?

– E onde o senhor guarda os pacotes? Não dá para arrastar tudo pelas ruas.

– Tem gente boa que me abre o quintal, um canto do jardim. Só não posso deixar por muito tempo. De um dia para o outro. Porque tem dia que é o da recolha. De alguns, ganho um café. Outros me cobram pedágio.

– Pedágio? Cobram para guardar um saco de latas vazias?

– Tem gente que é assim, doutor! Faz parte. A gente vai catando lata e conhecendo o mundo, vendo quanto se bebe, o que se bebe. Quanta lata estrangeira, tem umas que nem sabemos do que é.

Apanhou um papel, o número de meu prédio, o meu nome, admirou-se: “Leonel Lula? Como os políticos?”. Por precaução, cautela, caldo de galinha, segundo os hábitos paulistanos, omiti minha identidade. Ainda que envergonhado.

Eu sei, mas não devia

Marina Colasanti

Eu sei que a gente se acostuma. Mas não devia.

A gente se acostuma a morar em apartamentos de fundos e a não ter outra vista que não as janelas ao redor. E porque não tem vista, logo se acostuma a não olhar para fora. E porque não olha para fora, logo se acostuma a não abrir de todo as cortinas. E porque não abre as cortinas logo se acostuma a acender mais cedo a luz. E à medida que se acostuma, esquece o sol, esquece o ar, esquece a amplidão.

A gente se acostuma a acordar de manhã sobressaltado porque está na hora. A tomar o café correndo porque está atrasado. A ler o jornal no ônibus porque não pode perder o tempo da viagem. A comer sanduíche porque não dá para almoçar. A sair do trabalho porque já é noite. A cochilar no ônibus porque está cansado. A deitar cedo e dormir pesado sem ter vivido o dia.

A gente se acostuma a abrir o jornal e a ler sobre a guerra. E aceitando a guerra aceita os mortos e que haja números para os mortos. E aceitando os números aceita não acreditar nas negociações de paz. E aceitando as negociações de paz aceita ler todo dia da guerra, dos números, da longa duração.

A gente se acostuma a esperar o dia inteiro e ouvir no telefone: hoje não posso ir. A sorrir para as pessoas sem receber um sorriso de volta. A ser ignorado quando precisa tanto ser visto.

A gente se acostuma a pagar por tudo o que deseja e o de que necessita. E a lutar para ganhar o dinheiro com que pagar. E a ganhar menos do que precisa. E a fazer fila para pagar. E a pagar mais do que as coisas valem. E a saber que cada vez pagará mais. E a procurar mais trabalho, para ganhar mais dinheiro, para ter com que pagar nas filas em que se cobra.

A gente se acostuma a andar na rua e ver cartazes. A abrir as revistas e ver anúncios. A ligar a televisão e assistir a comerciais. A ir ao cinema e engolir publicidade. A ser instigado, conduzido, desnorteado, lançado na infindável catarata dos produtos.

A gente se acostuma à poluição. Às salas fechadas, de ar-condicionado e cheiro de cigarro. À luz artificial de ligeiro tremor. Ao choque que os olhos levam na luz natural. Às bactérias da água potável. À contaminação da água do mar. À lenta morte dos rios. Se acostuma a não ouvir passarinho, a não ter galo de madrugada, a temer a hidrofobia dos cães, a não colher fruta no pé, a não ter sequer uma planta.

A gente se acostuma a coisas demais, para não sofrer. Em doses pequenas, tentando não perceber, vai afastando uma dor aqui, um ressentimento ali, uma revolta acolá. Se o cinema está cheio, a gente senta na primeira fila e torce um pouco o pescoço. Se a praia está contaminada a gente molha só os pés e sua no resto do corpo. Se o trabalho está duro a gente se consola pensando no fim de semana. E se no fim de semana não há muito o que fazer a gente vai dormir cedo e ainda fica satisfeito porque tem sempre sono atrasado.

A gente se acostuma para não se ralar na aspereza, para preservar a pele. Se acostuma para evitar feridas, sangramentos, para esquivar-se de faca e baioneta, para poupar o peito. A gente se acostuma para poupar a vida. Que aos poucos se gasta, e que, gasta de tanto acostumar, se perde de si mesma.

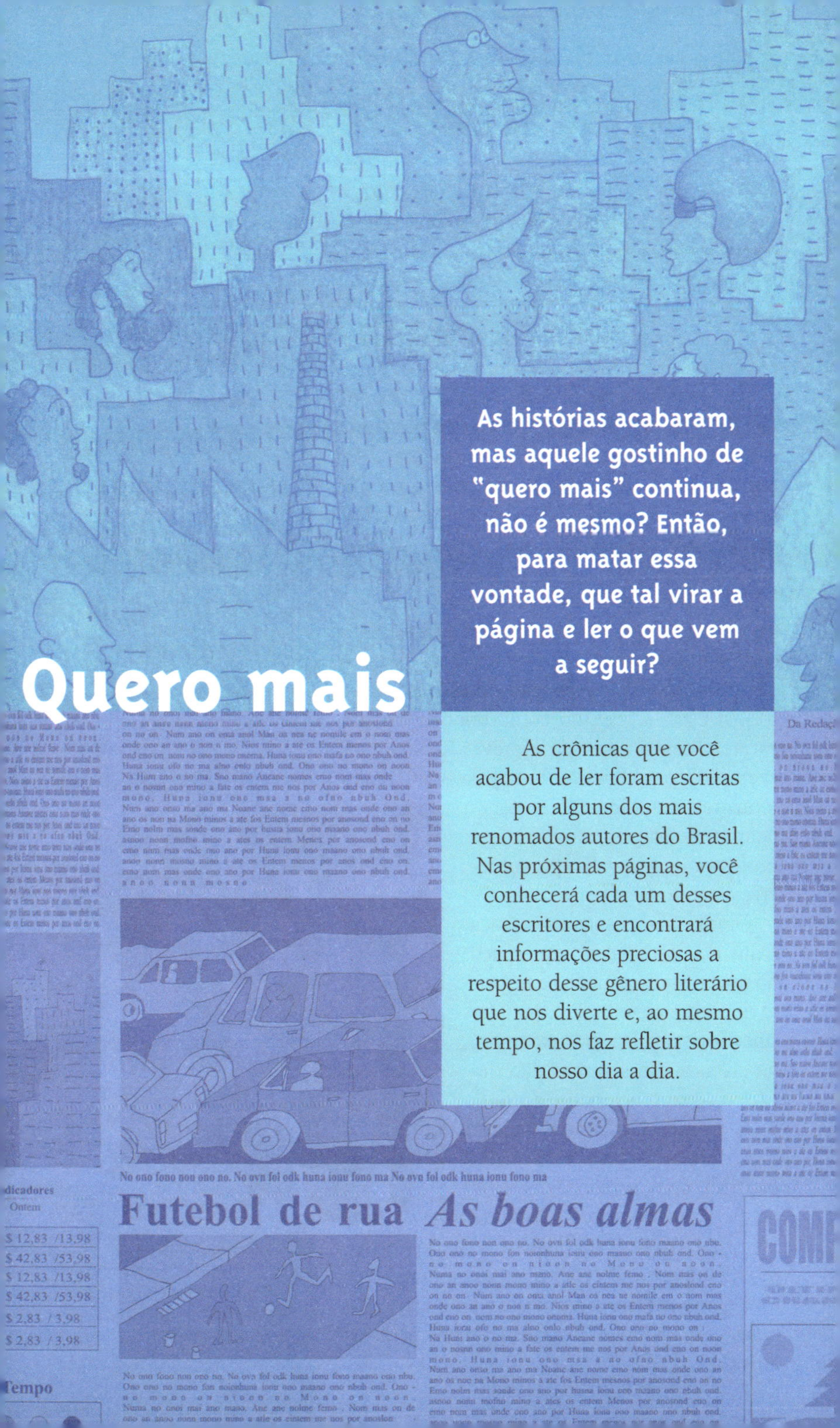

Quero mais

As histórias acabaram, mas aquele gostinho de "quero mais" continua, não é mesmo? Então, para matar essa vontade, que tal virar a página e ler o que vem a seguir?

As crônicas que você acabou de ler foram escritas por alguns dos mais renomados autores do Brasil. Nas próximas páginas, você conhecerá cada um desses escritores e encontrará informações preciosas a respeito desse gênero literário que nos diverte e, ao mesmo tempo, nos faz refletir sobre nosso dia a dia.

As 1001 faces da crônica

Definir crônica é uma tarefa tão difícil que até hoje nem mesmo os críticos literários ou os próprios escritores chegaram a um consenso. O cronista Fernando Sabino chegou, inclusive, a afirmar que a crônica nem sequer existia. "O que existe é o cronista", justificou.

Ainda assim, a crônica possui algumas características que a diferenciam do conto, outro gênero literário que se caracteriza por narrativas de pequena extensão. Por exemplo, uma crônica muitas vezes já nasce destinada a ser publicada em um jornal, uma revista ou um *site*. Por isso seu texto é curto e aborda com frequência assuntos do dia a dia.

Com isso, ganha uma proximidade muito grande com o jornalismo. Porém, ao contrário do jornalista, que procura manter a imparcialidade em seu texto, o cronista não só expõe o seu ponto de vista a respeito do assunto sobre o qual está escrevendo como também dá um caráter literário ao que escreve. Repare, por exemplo, como Ignácio de Loyola Brandão demonstra sua indignação ao constatar que existe em São Paulo um professor de geografia que sobrevive catando latas pelas ruas.

Outra característica da crônica é que ela costuma ser um espaço no qual o escritor medita a respeito de algum assunto. É o que Marina Colasanti faz, por exemplo, na crônica "Eu sei, mas não devia", na qual reflete sobre a vida.

A crônica também pode ser uma história bem-humorada, ocorrida com personagens reais ou fictícios, como os textos de Stanislaw Ponte Preta e Luís Fernando Veríssimo. O universo da crônica, enfim, é muito vasto, e como já disse o jornalista – e também cronista – Carlos Heitor Cony, ela "só não pode ser chata".

"A crônica é a literatura sem pretensão, que não se bate com a morte: sai do casulo, voa no sol da manhã (a crônica é matutina) e, antes que o dia acabe, suas asas desfeitas rolam nas calçadas."

Ferreira Gullar

Jorge Araújo/Folha Imagem

Personagens com os quais deparamos no dia a dia das grandes cidades servem de inspiração para o cronista escrever seu texto. Foi o que fez, por exemplo, Stanislaw Ponte Preta, com muito humor, em "O filho do camelô".

Retratos do passado

Se pesquisarmos a raiz da palavra crônica, veremos que ela vem de Cronos, o nome do deus grego que simbolizava o tempo. E a crônica, de fato, nasceu com a intenção de ser uma reunião de acontecimentos históricos contados de forma cronológica.

Esse gênero é conhecido desde a Antiguidade. Durante a Idade Média, os antigos reis contavam com cronistas que narravam os fatos importantes e nobres de seus reinos. Em Portugal, por exemplo, destacaram-se cronistas como Fernão Lopes, Gomes Eanes de Zurara e Rui de Pina, que mantiveram viva, para a eternidade, a história do reino português.

Durante a época das Grandes Navegações, no século XVI, o trabalho dos cronistas foi fundamental para que os europeus conhecessem os hábitos de vida e os costumes das populações que viviam no continente americano, na África ou na Ásia. Exemplo disso é a carta que Pero Vaz Caminha escreveu ao rei dom Manoel relatando a chegada dos portugueses ao Brasil.

Com o tempo, grandes escritores começaram também a cultivar esse gênero literário e passaram a publicar suas crônicas nos jornais, descrevendo, com muita perspicácia, aspectos da vida social e política de seu tempo. Hoje, esses relatos são verdadeiros retratos de uma época que não existe mais.

Biblioteca Municipal de São Paulo.

or meio da carta do cronista Pero Vaz aminha, pudemos conhecer alguns hábi-os dos índios que viviam no Brasil em 500.

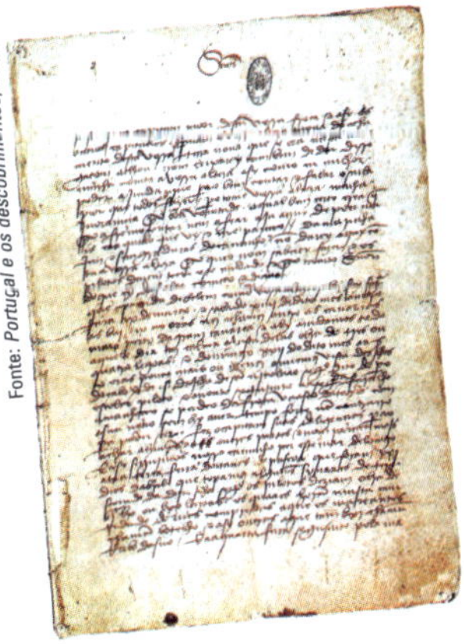

Fonte: *Portugal e os descobrimentos*, 1992.

Carlos Eduardo Novaes nasceu no Rio de Janeiro em 1940. O autor já lançou mais de 30 títulos e também escreveu roteiros de teatro e novela. Em suas obras, seu humor peculiar, ao mesmo tempo que nos faz rir, nos leva a refletir sobre o dia a dia. As crônicas “No país do futebol” e “Meu primeiro assalto” foram extraídas de *Juvenal Ouriço repórter* (1977) e *O day after do carioca* (1985).

Ari Lago/Editora Abril

O maranhense Ferreira Gullar é um dos mais importantes poetas da língua portuguesa. Nascido em 1930, ele abriu o caminho para o movimento da poesia concreta com o livro *A luta corporal* (1954). Durante a ditadura militar, publicou no exílio dois de seus livros mais importantes: *Dentro da noite veloz* (1975) e *Poema sujo* (1976). As crônicas deste volume também estão presentes na obra *O menino e o arco-íris*, da coleção Para Gostar de Ler.

Eduardo Simões/Folha Imagem

Ignácio de Loyola Brandão é um dos mais destacados escritores brasileiros. Nascido em 1936, em Araraquara-SP, é autor de importantes obras, como os romances *Zero* (1975), *Não verás país nenhum* (1981) e *O ganhador* (1987). Seus textos têm grande influência do jornalismo, atividade que começou a exercer em 1957. As crônicas reunidas neste volume foram publicadas originalmente no jornal *O Estado de S. Paulo*.

Olga Vlahou

Ivan Angelo nasceu em 1936, em Barbacena-MG. Estreou na literatura aos 25 anos com o livro *Duas faces*. Em 1976, lançou o romance *A festa*, traduzido para várias línguas e ganhador de diversos prêmios. Além de escritor, é também jornalista, tendo sido um dos fundadores do *Jornal da Tarde*. Na TV Globo, foi roteirista da série *Plantão de Polícia*, levado ao ar em 1981. As crônicas desta antologia foram extraídas da revista *Veja São Paulo*.

Carlos Namba/Editora Abril

Roberto Loffel/Editora Abril

O paulistano Lourenço Diaféria nasceu em 1933 e, em 1964, estreou como cronista na imprensa. Seus textos já saíram na *Folha de S.Paulo*, no *Jornal da Tarde*, no *Diário Popular*, entre outros. Diaféria colhe nos pequenos acontecimentos do dia a dia da cidade a inspiração para sua obra. As crônicas desta coletânea (p. 18, 89 e 95) foram publicadas respectivamente nos livros *A longa busca da comodidade* (1988), *Um gato na terra do tamborim* (1976) e no *Jornal da Tarde*.

Silvio Ferreira/Editora Abril

Luís Fernando Veríssimo é um dos autores mais conhecidos do Brasil. Nascido em Porto Alegre, em 1936, é filho do escritor Érico Veríssimo. Iniciou na literatura em 1973 e desde então já lançou mais de 40 livros. O humor e um profundo senso crítico de nossa realidade são as marcas principais de seus textos. As crônicas "Atitude suspeita" e "Futebol de rua" foram publicadas nos livros *O gigolô das palavras* (1987) e *O rei do rock* (1978).

Rogério Montenegro/Editora Abril

Marcos Rey, pseudônimo de Edmundo Donato, nasceu em São Paulo, em 1925. Exerceu uma série de atividades ligadas à palavra escrita: escreveu programas humorísticos de rádio, foi repórter, colunista de jornal, roteirista de cinema etc. Escritor consagrado, destacou-se também como autor de obras juvenis. As crônicas selecionadas para este volume foram publicadas na revista *Veja São Paulo*. O autor faleceu em 1999.

Reprodução

Além de cronista, Marina Colasanti é poeta, contista, jornalista, publicitária e artista plástica. Filha de italianos, nasceu em 1937, na cidade africana de Asmara, na Eritreia, na época, uma colônia italiana. Em 1948, mudou-se para o Brasil. A autora já publicou mais de 30 livros. As crônicas "Na esquina e na praça" e "Eu sei, mas não devia" foram extraídas dos livros *Nada na manga* (1975) e *Eu sei, mas não devia* (1996).

Autores

Tasso Marcelo/Agência Estado

Millôr Fernandes nasceu no Rio de Janeiro, em 1924. Jornalista, escritor, cartunista, tradutor, teatrólogo e humorista, foi um dos fundadores do jornal *O Pasquim*, um dos marcos da imprensa alternativa contra a ditadura militar. Autor de mais de 100 peças teatrais, traduziu também obras de Shakespeare, Molière, entre outros clássicos. As crônicas aqui reunidas, publicadas em 2002, foram extraídas do seu *site* oficial. Faleceu em 2012, aos 88 anos.

Luciane Cappin/Editora Abril

Moacyr Scliar conciliou com grande habilidade a carreira de médico com a de escritor. Nascido em Porto Alegre, em 1937, foi autor de mais de 60 livros. Vencedor de importantes prêmios literários, teve suas obras traduzidas para diversos idiomas. Em 2003, foi eleito membro da Academia Brasileira de Letras. Os textos "O ladrão" e "Minha vida como pivete" foram publicados no livro *Histórias da terra trêmula* (1977) e no jornal *Zero Hora*. O autor faleceu em 2011.

Carlos Safker/Editora Abril

Stanislaw Ponte Preta, pseudônimo de Sérgio Porto, nasceu no Rio de Janeiro, em 1923. Foi também crítico musical, comentarista esportivo e roteirista. Como escritor, revelou-se um grande mestre da crônica humorística. Stanislaw faleceu em 1968. As crônicas desta coletânea (p. 9, 24 e 46) foram publicadas respectivamente no livros *Rosamundo e os outros* (1963), *Febeapá – Festival de besteiras que assola o país* (1966) e *Na terra do crioulo doido* (1968).

Reprodução

Walcyr Carrasco nasceu em Bernardino de Campos-SP, em 1951. Publicou seu primeiro texto em um jornalzinho da cidade aos 17 anos. A partir de então não parou mais de escrever. É autor de novelas, peças de teatro para adultos e crianças e de vários livros juvenis. Também escreve para a revista *Veja São Paulo*, de onde foram extraídos os textos desta coletânea.

O Brasil urbano

Com 182 milhões de habitantes, o Brasil é hoje um país notadamente urbano. De acordo com o Censo de 2000, 81% dos brasileiros vivem nas cidades. A realidade do país, no entanto, nem sempre foi essa. Até a década de 1940, dois terços da população vivia na zona rural. Esses números começaram a se inverter a partir da década de 1950, quando a expansão das atividades industriais atraiu um fluxo enorme de pessoas que abandonavam o campo em busca de empregos. Na década de 1970, 56% dos brasileiros já viviam em cidades.

Juca Varella/Folha Imagem

O inchaço populacional das cidades gerou, entre outros problemas, dificuldades de acesso aos serviços públicos, déficit de moradias e desemprego, agravando ainda mais a desigualdade social do país.

Como surgiram as cidades

Se considerarmos que o ser humano encontra-se sobre a Terra há cerca de 130 mil anos, o costume de viver em espaços urbanos é muito recente: algumas das cidades mais antigas da humanidade, como Jericó, em Israel, e Çatal Hüyük, na Turquia, surgiram há "apenas" 10 mil anos, aproximadamente.

Até então, as pessoas levavam uma vida nômade. Viviam da caça, pesca e coleta de frutas, vegetais e plantas que encontravam pelo caminho. Quando os seres humanos descobriram que os alimentos germinavam após o plantio de suas sementes, perceberam que não necessitavam mais andar de um lugar para o outro em busca de comida, podendo se fixar em uma região, fato que deu origem aos primeiros povoados.

Nesses lugares, enquanto algumas pessoas se especializavam em construir ferramentas para o trabalho no campo e armas para se defender, outros cuidavam da domesticação de animais ou da construção de reservatórios de água, por exemplo. O excedente agrícola contribuiu para aumentar a população, e os pequenos povoados cresceram, transformando-se em vilas e posteriormente em cidades.

Com maior número de pessoas vivendo em um mesmo espaço, surgiu a necessidade de se estabelecerem normas de conduta e regras de convívio social. Ao mesmo tempo, algumas pessoas que mais se destacavam passavam a exercer papéis de liderança, dando origem aos chefes, juízes e reis. O surgimento das cidades, enfim, ajudou homens e mulheres a prepararem o caminho para o aparecimento das grandes civilizações da humanidade.

Postura cidadã

A cidade é um espaço público pelo qual todos os seus habitantes são responsáveis. Não é porque elegemos prefeito e vereadores para administrarem e legislarem os assuntos da cidade que nós, moradores, podemos nos eximir de qualquer compromisso para com ela. Muito pelo contrário.

Ao mesmo tempo que precisamos estar atentos ao trabalho das autoridades, cobrando-as constantemente para que cuidem bem de nossa cidade, também podemos – e devemos – fazer a nossa parte, zelando pelo espaço urbano.

Jogar o lixo nas ruas, destruir o verde, pichar monumentos, prédios, escolas, muros, danificar ônibus, telefones públicos, caixas de correio, bancos de praças... revelam um descaso em relação aos nossos bens públicos e um desrespeito para com todos os moradores da cidade.

De nada adianta elogiarmos a beleza e a conservação das cidades de outros lugares do mundo se não fizermos nada para transformar os nossos municípios em lugares mais bonitos e agradáveis para se viver. E adotar essa postura cidadã não é uma tarefa difícil. Basta, simplesmente, um pouco de boa vontade. Os resultados, com certeza, valerão a pena.

Três em um

Cidade, cidadão e cidadania são palavras de mesma origem latina. Cidadão, ao mesmo tempo que denomina o "habitante da cidade", quer dizer também "indivíduo que usufrui dos direitos garantidos pelo Estado do qual ele faz parte"; ou seja, cidadão é o indivíduo que tem os seus direitos de cidadania assegurados. E esses direitos são: ter acesso à saúde, educação, moradia, lazer, trabalho, desfrutar de um meio ambiente saudável, poder escolher seus representantes políticos e até interferir nos rumos de seu país, estado ou cidade.

Lili Martins/Folha Imagem

Zelar pela cidade em que vivemos, pelos seus espaços e bens públicos, é um dever das autoridades e de todos os seus habitantes.

Tiago Queiroz